樂讀456 ——— 067

神奇柑仔店9

消除痠痛地藏饅頭

文 廣嶋玲子　圖 jyajya　譯 王蘊潔

目錄

美食地圖
極品鮮魚！
螃蟹
HOTEL

序章

有個女人站在晨霧籠罩的車站月臺上。

這個女人又高又胖，穿著古錢幣圖案的紫紅色和服，整個人散發出強大的氣場。挽在頭頂的頭髮像雪一樣白，豐腴的臉上完全沒有皺紋。她的頭髮上插了五顏六色的玻璃珠髮簪，還圍了一條黑色毛皮圍巾，看起來很時尚。

她把一個大皮箱放在旁邊，滿心喜悅的等待電車到站。現在時

間還早，所以月臺上沒有其他人。

這時，一陣微弱的貓叫聲響起，女人的圍巾也跟著動了起來。

女人急忙用手按住圍巾，用安撫的語氣說：

「喂，墨丸，現在還不可以動，這樣會被人看到啦。」

「喵嗚。」

「你不想再假裝是毛皮圍巾？真是拿你沒辦法。拜託你再稍微忍耐一下。好，只要你乖乖不動，我等一下就買豪華海鮮便當給你。」

「喵喵！」

圍巾開心的叫了兩聲，然後就一動也不動了。

女人鬆了一口氣的同時，晨霧中也傳來了電車的聲音，而且聲音越來越近。

「咦？電車好像來了。墨丸，要展開愉快的旅行啦。我們要去很多地方，吃很多美食，希望可以找到開發新零食的靈感。」

女人開心的笑著，拎起了身旁的皮箱。

1 不會暈羊羹

紅子打量四周——

人、人、人，到處都是人，簡直到了摩肩接踵的程度。

「真是受不了，好久沒來這麼大的車站了，人潮比我想像的還要擁擠。」

沒錯，紅子來到了好幾條不同路線都會停靠的大車站。車站內有各式各樣的商店和禮品店，店門口全都大排長龍。

紅子走到角落，以免擋到別人的路，然後對著脖子上的圍巾說：

「我們差不多該決定目的地了。墨丸，你覺得接下來去哪裡比較好？」

「喵嗚。」

女人身上的圍巾小聲的回答。

「什麼？你想搭新幹線？這個主意也不錯，反正難得出門旅行，乾脆搭新幹線去遠一點的地方好了。對了，我記得有個地方的梅花現在正好是花季……」

紅子小聲的嘀咕，拎著皮箱走向新幹線的售票處。

她在中途走進便當店，買了五個不同口味的車站便當。

「呵呵呵，一不小心就買多了。不過每一個便當看起來都很好吃，根本沒辦法取捨。墨丸，也有買到你最愛的豪華海鮮便當，真是太好了。」

「喵喵！」

「呵呵，話說回來，出門旅行真的會讓人很想花錢呢。」

紅子買了車票，搭上新幹線。

「嗯，我的座位是……7D。」

第七排的D座位是靠走道的位置，靠窗的E座位上，已經有乘客坐在那裡。那位乘客是個看起來像大學生的年輕女人，她臉色蒼白的低頭坐著。

紅子覺得直接坐下很沒禮貌，於是開口對那個年輕女人說：

「不好意思，我的座位在你旁邊，我可以坐下嗎？」

百合子在奔馳的新幹線上用力閉著眼睛。她覺得天旋地轉，空空的胃好像整個都快被吐出來了。

沒錯，她暈車了。

百合子從小就會暈車，無論是搭乘汽車、電車、飛機或者是輪船，總之，她搭乘所有的交通工具都會暈眩，只要一搭上交通工具，身體就會很不舒服。

因為這個毛病，百合子從小到大都沒有好好享受過遠足或是旅行的樂趣。每次朋友都會擔心的問她：「你還好嗎？」有些不友善的同學則是覺得她很討厭，甚至還有人曾經故意大聲說：「身體不舒服的人，會影響大家的心情。」

百合子雖然對造成別人的困擾感到很過意不去，只不過她也很無奈。每次搭交通工具，她都會臉色蒼白、渾身無力的坐在那裡，根本無法像其他人一樣吃吃喝喝，也沒辦法和同學聊天，因為只要一張開嘴巴，就好像隨時都會吐出來。

「唉，明知道會這樣，我幹麼還想不開的來搭新幹線啊？」

目前就讀大學的百合子，在高中時代有一位名叫莉子的好朋友。百合子在本地的大學就讀，莉子卻去了遠方城市的一家公司上班，兩人因此分隔兩地。睽違了好長一段時間，這次她們終於約好要見面。

身為上班族的莉子要請假很不方便，沒辦法出遠門，於是百合子就請假去找莉子玩。問題是，要去莉子居住的城市就得搭新幹線；百合子只好很不甘願的搭上新幹線，結果當然就暈車了。

「莉子為什麼要去這麼遠的公司上班？如果她和我一樣，在本地的公司上班就好了。這樣的話，我也不必活受罪了。」

百合子忍不住在內心嘆氣。

「匡噹。」

新幹線用力搖晃了一下，接著放慢車速，似乎快要進站了。

「嗚！」

百合子急忙用小毛巾摀住臉。她事先在上頭噴了葡萄柚味道的香水，只要聞到這種清新的香氣，就能稍微舒緩想嘔吐的感覺。

她一動也不動的坐在座位上。

「不要想，什麼都不要想，把腦袋放空，這樣很快就會到達目的地，一定很快就會到了。看吧，時間很快就過去了。」百合子這麼告訴自己。

但是……她還是很想吐。

「真希望可以昏睡過去。」

正當她發自內心這麼想的時候……

「不好意思，我的座位在你旁邊，我可以坐下嗎？」

有個人用奇怪的措詞向她搭話，百合子勉強睜開雙眼。

一個身穿和服的高大女人站在她面前，但百合子看不出她的年紀，因為對方雖然一頭白髮，皮膚卻很光滑，臉上沒有皺紋，也沒有黑斑。而且這個女人的頭髮上插了很多髮簪，脖子上還圍著一條黑色毛皮圍巾，看起來很時尚。

「哦，沒問題，請坐。」

「謝謝。」

她「嘿喲」一聲，把大皮箱放在旁邊，便在百合子身旁坐了下來。

「這個女人簡直就像是相撲選手。啊，不過剛才的對話應該又打發了三十秒的時間。」

百合子心不在焉的想著這些事時，這個女人窸窸窣窣的打開了剛才拎在手上的塑膠袋。

塑膠袋裡裝著車站便當，而且數量不只一個。她拿出一個又一個便當，最後竟然總共拿了五個——炊飯便當、本地名產總匯便當、高級幕內便當、大肉便當，還有豪華海鮮便當。

她對目瞪口呆的百合子笑著說：

「旅行的樂趣當然少不了車站便當，只是我太貪心，一下子買太多了。你要不要吃一個，試試味道？」

如果不是正在搭新幹線，百合子一定會欣然接受，但是她現在連聞到食物的味道都會想吐。

百合子冒著冷汗，費力的搖了搖頭。

「不……我不用了。」

看到百合子用毛巾捂住口鼻，女人終於發現她不對勁，擔心的問：

「你身體不舒服嗎？」

「呃，我、我沒事，只是暈車而已……」

「原來是這樣……啊，你該不會聞到食物的味道也會想吐吧？」

「……」

女人露出傷腦筋的表情，似乎感到很抱歉。

百合子見狀更加不安，心想：「我又造成別人的困擾了。」

「呃，請、請你不要介意，儘管吃沒關係。嗚……」

「那可不行。嗯，真傷腦筋……這裡是指定席，也不能隨便換座位。」

她陷入了沉思。

這時，不知道從哪裡傳來了隱隱約約的貓叫聲。

「啊？有貓嗎？在哪裡？」

本地名產總匯便當
高級幕內便當
大
肉便當

百合子大吃一驚，但女人非常鎮定，而且還開心的笑了起來。

「這樣啊，這麼說確實有道理，墨丸果然厲害。」

「啊？怎、怎麼了？」

「哦，沒事，我是在自言自語。話說回來，你運氣真是太好了。」

女人探出身體靠向百合子，她的雙眼發亮，看起來很妖媚。

「店裡的招財貓讓我帶了很多零食出門，以免我在旅途上遇到什麼問題，其中剛好有很適合你的商品。啊，你不用付錢，旅行期間我是不做生意的，因為我想好好珍惜旅途上遇到的人，嗯……就這麼決定了！」

女人自顧自的說完便打開皮箱，從裡面拿出了某個東西。

「來，這個給你，不過一定要看清楚說明書，知道嗎？」

但是百合子還來不及看說明書，就差點吐了出來。

「不好意思！」

百合子推開那個女人，起身衝進廁所。

過了很久，百合子才終於走出廁所。

當她回到座位時，發現剛才坐在隔壁的女人不見了，也沒看到皮箱，可能是在中途的車站下了車。

不過百合子的座位上有一個細長的東西。

那是一個黑色小紙盒，大小差不多像口香糖的外盒那樣，上面用金色的字寫著「不會暈羊羹」。

百合子忍不住把它拿了起來。

走出廁所後，她又開始不舒服了，根本沒辦法吃東西，甜食就更不用說了，應該完全不會想吃才對。

但是不知道為什麼，她被這個「不會暈羊羹」深深吸引，簡直就像是被吸走了魂魄。

「這一定是剛才那個女人留給我的，這是我的東西，我要趕快吃掉，才不會被別人偷走。」

百合子忘我的打開盒子，把裡面的東西拿了出來。盒子裡裝著帶有光澤的黑色羊羹，羊羹並不大，一口就可以吃完。

百合子忍著想吐的感覺，把羊羹塞進嘴裡。羊羹比她想像的更好吃，口感滑潤而且還有濃濃的豆沙味，結合了黑糖的高雅甜味，形成一種難以言喻的美妙滋味。百合子原本以為自己一吃就會嘔吐，沒想到卻輕鬆的吞了下去。

當她吃完嘴裡的羊羹，心滿意足的嘆了一口氣時，忍不住大吃一驚。

因為原本全身不舒服的感覺漸漸消失了，身體就像喝了彈珠汽水一樣神清氣爽。

「不會吧……」

以前不管百合子吃什麼藥都沒辦法馬上見效，沒想到這次吃零食竟然可以通體舒暢。

百合子難以置信的拿起「不會暈羊羹」的空盒子，盒子背面用很小的字寫著：

錢天堂很有自信的大力推薦商品。嚴重暈車的人最適合這種「不會暈羊羹」，只要吃了這種羊羹，以後就再也不會暈車了。

「好奇怪的說明書。『錢天堂』是剛才那個人開的店嗎？不過真是太好了，原本還以為要撐不下去了。啊，我太幸福了！」

百合子恢復了精神，舒服的坐在椅子上。剛才她對搖晃的新幹線恨之入骨，現在卻覺得舒服到幾乎要睡著了。

說明書上寫著，只要吃了「不會暈羊羹」，從此以後就不會再暈車。也就是說，這種舒服的感覺會一直持續下去。雖然難以置信，但應該是真的——不，這絕對是真的。

百合子感受著這種幸福，開始欣賞車窗外的風景。

她在目的地下車時，莉子已經來接她了。

「百合子，好久不見！」

「莉子，我好想你！你最近好嗎？」

「當然好啊。你呢？搭新幹線還好嗎？是不是一路上又辛苦的暈車了？」

「呵呵呵！我告訴你，我已經克服暈車，以後無論坐什麼交通工具都不會再暈了。」

「真的假的！你沒騙我吧？百合子，你太厲害了。那……原本打算要好好逛街，不如我們更改行程，去『那裡』好不好？」

莉子說這附近有一家大型遊樂園，她想去那裡玩。

「聽說那裡有很多遊樂設施，很好玩。既然你不會再暈車了，搭遊樂設施應該也沒問題吧？」

「嗯嗯，我想應該沒問題。」

「太好了，那我們去那裡玩。」

其實百合子心裡還是有點害怕，因為她以前連搭普通的交通工具都會暈車，當然從來沒有坐過自由落體或是雲霄飛車。

但是，她決定相信「不會暈羊羹」的力量。

「沒問題，一定沒問題。」

百合子在心裡默念著，和莉子一起去了遊樂園。

莉子說得沒錯，那個遊樂園很大，有各式各樣的遊樂設施，也有很多遊客。

「我們要不要先試試那個？別擔心，那個是最普通的。」

莉子指著一個像是旋轉木馬的遊樂設施，但是那個設施旋轉的不是木馬，而是鞦韆。遊客坐在鞦韆上，在旋轉的同時，鞦韆會因為離心力而被甩出去。

百合子心驚膽戰的坐在鞦韆上。

然後——

她完全沒有不舒服的感覺。

「這真是……太好玩了。哇，太開心了！」

百合子有了不會暈的自信，一個接著一個玩遍各種遊樂設施。

雲霄飛車的速度讓人頭昏眼花，自由落體下墜時感覺驚險刺激，每一種遊樂設施對她來說都是全新的體驗，這種快樂的感覺讓她欲罷不能。

天獄園
入口

最後還是莉子先投降，開口要求「讓我稍微休息一下！」

玩了一整天，那天晚上，百合子住在莉子的公寓。她們吃披薩、喝葡萄酒，開心的聊天，享受了快樂的時光。

隔天，百合子搭新幹線回家時，手上拿著莉子向她推薦的車站便當和冰啤酒。

「呵呵，我以前根本不可能在搭車時吃東西，現在我要把以前的損失補回來。話說回來，上次遇到的女人真是太不可思議了，如果下次再遇到她，我一定要好好謝謝她。」

新幹線駛離車站後，百合子喝了一口啤酒。

「天啊，太好喝了！大白天就喝啤酒，簡直是人間天堂！」

正當她急著想打開車站便當的盒蓋時，突然感覺一陣反胃。

「嗚！」

轉眼間，她感覺眼前一片空白。

「慘了！廁所，要趕快去廁所。」

百合子不顧一切的衝進新幹線的廁所，然後在廁所裡整整待了一個小時。

「為什麼會這樣？不是說以後都不會再暈了嗎？難道那個羊羹失效了？」

百合子走出廁所後，感覺稍微舒服了一些。雖然臉色仍然蒼白，但她還是從夾克口袋裡拿出「不會暈羊羹」的空盒子。盒子上可能會有生產廠商的聯絡方式，要寫信或打電話去問清楚才行。

雖然盒子上沒有聯絡方式，但百合子看到了其他文字，沒想到說明文還有後續的內容。

錢天堂很有自信的大力推薦商品。嚴重暈車的人最適合這種「不會暈羊羹」，只要吃了這種羊羹，以後就再也不會暈車了。

注意事項：千萬不要在搭交通工具時喝酒，因為「不會暈羊羹」沒辦法同時消除暈車和酒醉造成的頭暈。

米原百合子，二十一歲的女人。在電車上遇到紅子，紅子送給她「不會暈羊羹」。

2 肩膀痠痛地藏饅頭

紅子走下公車，伸了一個懶腰。

「啊，去了好幾個地方觀光真的有點累了，也流了不少汗……在這裡找個地方好好泡澡吧，去哪一家好呢？」

紅子打量四周。

這裡是知名的溫泉街，街上有很多家溫泉旅館，到處都冒著白色的熱氣。路上也有很多人穿著浴衣走來走去，看起來很放鬆的樣

子。

這時，紅子瞇起眼睛，似乎想起了什麼事。

「對了，我以前曾經來這裡做過生意。當時的幸運客人，家裡就是開溫泉旅館的，不知道那家旅館還有沒有營業。」

紅子打開溫泉街的導覽地圖，立刻露出了笑容。

「太好了，還在營業呢。嗯，沿著這條路走到底再左轉，好像就到了。」

紅子看著地圖，走進一條小巷。

葵的家裡開了一家名叫「莎草」的溫泉旅館，旅館雖然不大，但溫泉很大，而且對消除肩膀痠痛很有效，所以遠近馳名。每逢假日和暑假都有許多客人上門，也有很多客人即使不住宿，也會特地來泡溫泉。

溫泉旅館忙碌的時候，葵當然也會幫忙。除了補充肥皂、洗髮精，也會拿毛巾給客人，或是用長刷子清洗露天浴池，有時候還會坐在櫃臺負責接待客人。

雖然工作很辛苦，但她絲毫不覺得在旅館幫忙是一件苦差事。因為不僅可以拿到零用錢，聽到客人稱讚她：「你真是個能幹的年輕老闆娘」，葵也感到很開心。

她最喜歡看到一臉疲憊的客人在泡完溫泉後，神清氣爽的離開溫泉旅館的模樣。

「只要來我們家泡溫泉，再嚴重的肩膀痠痛也可以馬上消除。爺爺，你說對不對？」

「那是當然的，我們家的溫泉可是全日本第一呢。」

爺爺很有精神的回答。他今年已經七十歲，但依然渾身充滿了活力，是莎草溫泉旅館中最勤快的人。

葵很喜歡爺爺，但她有時候會覺得爺爺「怪怪的」。

爺爺是「守湯人」，也就是負責守護溫泉的人，每天都要檢查溫泉的狀況。他總是背著一個空空的大籃子，在客人泡溫泉之前先去浴池，隔了一會兒走出來的時候，身上的大籃子似乎變得很沉重，但當葵探頭往裡頭張望時，發現大籃子裡跟原先一樣空無一物。

「爺爺，你每天都在做什麼？」

「呵呵，我在做只有我才有辦法做到的事。」

「爺爺，你告訴我嘛。」

「不行不行，這是祕密。就算我告訴你，你應該也不會相信。我以前曾跟你爸爸說過，他根本就不相信我說的話。」

爺爺每次都這麼回答，堅持不肯說實話。但葵很想知道這個祕密，於是整天在爺爺身邊打轉。

沒想到不久之後，發生了傷腦筋的情況。

爺爺不小心閃到了腰，而且傷勢很嚴重，根本下不了床，當然也就沒辦法去檢查溫泉了。

奇怪的是，從那天開始，溫泉的水質就越來越差，客人也經常抱怨。

「我泡完溫泉以後，肩膀痠痛反而更嚴重了。」

「我一泡進溫泉裡，就覺得整個背部沉重得直不起來，你們的溫泉是不是放了什麼奇怪的東西？」

就這樣，原本門庭若市的莎草溫泉旅館生意一落千丈，轉眼間就變得冷冷清清了。

葵的父母雖然拚命工作，努力宣傳旅館，也十分用心款待客人，生意卻沒有太大的起色。

當葵和爺爺聊起這件事的時候，爺爺不顧自己的傷勢，硬是想要下床。

「我得去浴池才行，哎喲！」

「爺爺，不要勉強，你這樣不行啦！醫生不是要你乖乖在床上再躺兩個星期嗎？」

「哪能再等兩個星期啊！在我躺著的這段期間，要是莎草無法擺脫負面評價，後果就不堪設想了。痛痛痛痛……可惡！我、我得去檢查浴池，不去檢查不行，真的不行啊！」

爺爺懊惱得流下了淚水，看著這個情形，葵感到不知所措。

「爺爺，為什麼非你不可？」

「葵……你願意相信我接下來跟你說的事嗎？」

「雖然我不能保證，但是你說說看吧。」

「好……那我就把祕密告訴你。很久以前，在我還是小孩子的時候，莎草的生意很差，隨時都有可能倒閉。我不想要旅館倒閉，希望能想到辦法挽救旅館的生意，但我能做的，就只有去祈求神明。於是，我帶著所有的零用錢前往神社。」

沒想到爺爺走錯了路，當他回過神時，發現自己並不是在神社或寺廟裡，而是在一片昏暗的樹林中，還在那裡遇到了一個擺攤賣東西的女人。

「那個女人的身材很高大，簡直就像是一座小山。她的頭髮像雪一樣白，但她並不是個老太太，因為她有著柔嫩光滑的皮膚。

那個女人說自己在做行動柑仔店的生意，而且她的攤位上的確擺了許多從來沒有見過的零食。

她說我是『幸運的客人』，還賣了一種零食給我。我吃了那個零食之後，變得能看到以前看不到的東西。」

「以前看不到的東西……是鬼嗎？」

「不，不是那麼可怕的東西。總而言之，後來我運用那種能力，讓這家溫泉旅館的生意越來越好。葵，我們旅館的溫泉之所以對消除肩膀痠痛特別有效，是因為我運用了那種能力的關係。」

葵覺得不可能有這種事，差點笑了出來，但是看到爺爺的表情嚴肅得可怕，就笑不出來了。而且她仔細想了一下，發現的確是在

爺爺生病之後，溫泉的評價就一落千丈。

「所以……真的有這回事？」

「對，當然是真的。太遺憾了，如果可以，真希望能把這種能力交給你或你爸爸。但是好像只有吃了那種零食的人，才能擁有這種能力。」

「好不甘心，太遺憾了。」爺爺嘆著氣說。

不知道是不是止痛藥發揮了效果，爺爺很快就睡著了。

葵悄悄走出爺爺的房間，坐在一樓門口旁的櫃臺內。不久之前，這裡還有很多客人會來泡溫泉，櫃臺附近總是熱鬧得不得了，現在卻門可羅雀，一個人都沒有。不過也因為沒有客人，所以葵可以仔細思考爺爺說的話。

葵開始左思右想。

看來莎草之前生意興隆，的確是因為爺爺具備了某種神奇的能力，但是爺爺無法把這種能力傳授給爸爸或是葵，而且照目前的情況看來，莎草很快就會倒閉了。

要怎麼做才能克服這次的難關呢？最好的方法就是葵也吃下爺爺當年吃的那種零食，這樣一來就能得到相同的能力了。但是哪裡有賣那種零食呢？而且已經過了好幾十年，爺爺當年看到的那家柑

小心火燭
可自由取用
福
觀光導覽
百花公園
溫泉巡禮
溫泉旅館
莎草
觀光計程車
000-0000
週六日 早上8點到10點
溫泉
早市

仔店很可能已經倒閉，即使沒有倒閉，也不知道還有沒有繼續賣神奇的零食。

只能想其他方法了，但是還有什麼方法呢？要怎麼做，才能讓來泡溫泉的客人發自內心的覺得「啊，來這裡是正確的決定」呢？

葵悶悶不樂的想著這件事時，有個聲音打斷了她。

「打擾一下。」

葵抬起頭，看到眼前的景象忍不住張大了嘴巴，因為有個身材高大的阿姨，正站在櫃臺的前方。

那個阿姨頂著一頭白髮，臉卻看起來很年輕，還擦了漂亮的紅色口紅。她穿著一件紫紅色的和服，頭上插了很多髮簪，看起來落落大方。她的脖子上圍著一條黑色毛皮圍巾，看起來是個有錢人。雖然來旅館的客人有千百種，但葵還是第一次看到這麼引人注目的人。

不對，這不重要。看她的外型和頭髮，不是和爺爺口中遇到的柑仔店老闆娘一模一樣嗎？

這麼一想，葵不由得緊張起來。她覺得口乾舌燥，雖然很想開口說話，卻什麼話也說不出來。

那個阿姨笑著對葵說：

「我不用住宿，只想要泡溫泉，可以嗎？」女人說。

「什麼嘛，原來只是有點像柑仔店老闆娘的客人。」

想到這裡，葵突然回過了神，急忙鞠躬回答：

「歡迎光臨！當然沒問題，我們也很歡迎前來泡澡的客人！泡澡五百元，借用浴巾和毛巾兩百元。啊，我們旅館的露天浴池很棒，也有獨立湯屋，但是要一千元。」

「哦，太好了，還有獨立湯屋。那我要獨立湯屋，另外還要借用浴巾和毛巾。」

「好，總共一千兩百元。」

阿姨付了一千兩百元，接過浴巾和毛巾。

這時，葵發現阿姨身旁放了一個很大的皮箱，那個皮箱看起來又舊又重，而且有很多刮痕。

葵覺得現在很少人會拿這種皮箱，但還是對她說：

「那個皮箱太大了，放不進置物櫃，要不要寄放在櫃臺？我會負責保管。」

「那就拜託你了。」

阿姨把皮箱交給她的時候，還特別叮嚀千萬不要打開。

「因為不知道會發生什麼狀況。」

「裡面放了炸彈嗎？」

「這怎麼可能呢？裡頭的東西比炸彈更棒、更危險。」

看到阿姨對自己眨眼的模樣，葵忍不住笑了起來。這個阿姨太有趣了，竟然會開這種玩笑。

葵帶著阿姨走向獨立湯屋。

「這裡就是獨立湯屋，你的圍巾要不要寄放在櫃臺？如果放在更衣室可能會受潮。」

「沒關係，這孩子喜歡泡澡……不是啦，我是說我自己保管就好，謝謝你的貼心。」

阿姨面帶笑容的走進布簾內。

葵走回櫃臺後坐在椅子上，忍不住打量起那個阿姨寄放的皮箱。不知道為什麼，這個看起來十分老舊的皮箱，似乎有種神奇的魅力，一直吸引著她的目光。

「裡面裝了什麼呢？皮箱看起來沒有上鎖，要不要打開看看裡面裝的東西？不，不行不行，那個阿姨很信任我，我不能辜負她的信任。」

葵拚命克制住內心的好奇，重新在櫃臺的椅子上坐好。

那個阿姨可能非常享受泡溫泉的樂趣，過了很久都沒有出來。

這段時間，也完全沒有客人上門。

生意真的越來越差了，葵為這件事感到很難過。

這時，阿姨一臉紅通通的走了出來。雖然才剛泡完澡，但她脖子上仍然圍著那條黑色毛皮圍巾。葵看到她的圍巾有點濕，就對她說：

「啊，果然弄濕了，要不要吹風機？」

「不用了，沒關係，這孩子喜歡自然風乾。」

「這孩子？」

「啊，不，沒什麼，讓你費心了。泡完澡以後，汗水和灰塵全都洗乾淨了，不過這裡的溫泉水質有點沉重……順平先生已經不在了嗎？」

葵的爺爺就叫做順平。

她目不轉睛的看著阿姨。

「請問……你認識我爺爺嗎？」

「對，以前曾經見過一次，但已經是很多年前的事了。」

阿姨笑了起來，似乎在懷念以前的事。葵看到她的笑容，感覺有股電流貫穿了背脊。

就是她，她就是那個柑仔店的老闆娘。

葵克制住激動的心情，鼓起勇氣詢問：

「請問你是柑仔店的老闆娘嗎？」

「咦？你怎麼會知道？」

「因為爺爺曾經跟我說過這件事。」

葵忍不住向阿姨求助。

「求求你，可不可以也賣給我之前賣給爺爺的那種零食？我需要相同的零食，不然這家旅館可能就要倒閉了，求求你！」

「好、好，你先別激動。怎麼會這樣呢？你們會為這件事發愁，看來順平先生果然已經去世……」

「沒有，爺爺沒有死，他還活著！」

葵著急的向她說明情況。

阿姨認真的聽葵說完以後，點了點頭。

「我懂了，原來是這麼一回事，難怪浴池裡堆了那麼多，客人也不再上門了。」

「那麼多？什麼東西那麼多？啊，這個不重要，你可以把那種零食賣給我嗎？我會付錢的！」

「很抱歉，現在已經沒有生產那種零食了。」

「怎、怎麼會這樣！」

葵忍不住哭了出來。上天真是太會作弄人了，好不容易遇到了神奇柑仔店的老闆娘，結果竟然已經沒有賣那種零食了。

阿姨輕輕把手放在葵的肩膀上。

「好了、好了，你不要這麼失望。我們能夠相遇也是有緣和幸運，這件事就交給我來想辦法。」

「真、真的嗎？」

「真的，而且我接受了你的款待，當然要有所回報。可以先帶我去探望順平先生嗎？」

「好，請跟我來！」

葵帶阿姨去了爺爺的房間。

一走進房間，阿姨就走向正在睡覺的爺爺，然後小聲的叫他：

「順平先生，你醒一醒，我是『錢天堂』的紅子。」

爺爺睜開眼睛後一看到阿姨，驚訝得張口結舌。

「啊，你是……那個時候的老闆娘！」

「沒錯，好久不見了。」

「怎麼可能……已經過了好幾十年……啊，這也難怪，你既然在賣那麼神奇的商品，長得和以前一模一樣也沒什麼好奇怪的。」

「呵呵呵，既然你已經了解了，那我們就來談談正事吧，因為你好像又遇到了困難。」

「對啊，你還在賣那種零食嗎？如果有的話，可以賣給我嗎？」

爺爺向阿姨求助，但阿姨笑著搖了搖頭。

「我剛才也告訴你孫女，現在已經沒有生產那種商品了。」

「這、這樣啊，看來……我的好運已經用完了。」

「快別這麼說，不要這麼輕易就放棄。你又遇到紅子我了，竟然還說自己的好運用完了。」

「這個意思是……你、你願意幫忙嗎？」

「對，但這次我不是賣零食，而是把你的能力轉移給你孫女。」

葵和爺爺都大吃一驚，互看了對方一眼。

「能這樣做啊？」

「當然可以，這個方法很簡單，只是一旦把這種能力轉移給你孫女，你以後就看不見、也摸不到那個了。這樣沒關係嗎？」

爺爺似乎有點猶豫，但他馬上下定了決心，點頭同意。

「沒問題，葵一定可以像我一樣妥善運用那種能力。我已經上了年紀，讓年輕的葵守護溫泉更好。」

「那你呢？你做好心理準備接受爺爺的能力了嗎？」

「雖、雖然我也不太清楚，但只要能夠保護『莎草』，我願意做任何事。」

「這種決心很棒，那我就幫你們轉移能力。」

阿姨伸出白嫩的雙手，一手放在爺爺的眼睛上，然後把另一隻手放在葵的眼睛上。

葵感覺到一股奇妙的熱氣滲進眼睛裡，過程中完全不會痛，反而覺得很舒服。葵閉上眼睛，享受著這種感覺。

「這樣就行了，接下來就交給你們啦。」

阿姨說「再見」的同時，鬆開了雙手。

當葵睜開眼睛時，那個阿姨已經消失無蹤了。

「啊，等、等一下！」

「葵，別追了。」

「那怎麼行，請等一下！」

葵急忙追了出去。她衝出房間，跑到旅館外頭。

那個阿姨像一陣風一樣，消失不見了，路上只有觀光客的身影。

不過葵瞪大了眼睛，因為她在行人的肩膀和後背上，看到了奇怪的東西。

「那是地藏菩薩嗎？」

沒錯，葵在許多人的肩膀上，看到了大小跟她拳頭差不多的地

藏菩薩，有的人身上只有一尊地藏菩薩，但有個人身上竟然有五尊。

葵不敢相信的揉了揉眼睛，但是不管她再怎麼揉，還是看得到那些地藏菩薩，而且地藏菩薩還露出了可愛的笑容。

陷入混亂的葵，回到了爺爺的房間。

爺爺似乎知道發生了什麼事，一看到葵就問她：

「你是不是看到了？」

「嗯，路上有很多人的肩上都有地藏菩薩……那是什麼？」

「那是肩膀痠痛地藏。」

「咦？」

「就是會引起肩膀痠痛的地藏菩薩，身上的肩膀痠痛地藏越多，肩膀痠痛就越嚴重。你現在去溫泉看看，一定就能明白問題發生的原因了。」

葵聽爺爺的話走去溫泉一看，結果真的大吃一驚。寬敞的室內浴池和莎草引以為傲的露天浴池內，都堆了許多小小的地藏菩薩。

「我知道了，原來是這樣！」

葵跑回爺爺的房間。

「浴池裡全都是地藏菩薩！那些都是從客人肩膀上掉下來的

吧？」

「沒錯，我吃的零食是『肩膀痠痛地藏饅頭』，它的包裝紙上寫著：吃了這個饅頭的人，具有摸一下溫泉的水就能去除肩膀痠痛地藏的能力。跟包裝紙上寫的一樣，我用手攪動溫泉的水以後，溫泉水便可以去除客人身上的肩膀痠痛地藏。但是如果遇到很黏人的地藏菩薩，即使它從一個人的身上掉落，還是會黏到其他人的身上。」

「所以有很多客人說，他們肩膀痠痛的情況越來越嚴重，原來是因為從其他人身上掉落的地藏菩薩，黏到他們的身上了。」

「就是這麼一回事，為了避免這種情況發生，我以前每天都會去巡視浴池，隨時把掉落的肩膀痠痛地藏菩薩撿走。不然就算打掃時把浴池的水都放光了，那些地藏菩薩也不會消失。現在你應該知道該怎麼做了吧？」

葵當然知道。

從那天開始，葵就代替爺爺每天去檢查溫泉，把沉積在浴池裡的肩膀痠痛地藏撿起來，然後一個一個的放進籃子裡。

接著按照爺爺教她的方法，把蒐集到的肩膀痠痛地藏菩薩全都放在庭院內陽光充足的地方。這些地藏菩薩會像冰塊照到陽光一樣，變得越來越小，最後終於消失不見。

因為葵的努力，莎草溫泉旅館的風評越來越好，客人終於又繼續上門了。

現在，葵和腰已經不痛的爺爺一起坐在櫃臺接待客人。

當客人走去泡溫泉時，爺爺就會小聲的問葵：

「剛才的客人看起來很痛苦，身上是不是有八尊？」

「你猜錯了，總共有九尊。」

「哼，竟然猜錯了。但是有九尊還真是辛苦啊，希望他好好泡我們家的溫泉，擺脫這些地藏菩薩。」

爺爺失去了原本的能力，所以看不到肩膀痠痛地藏菩薩，但是他開心的說，只要像這樣和葵聊天，就跟自己能夠看到沒什麼兩樣。

「希望柑仔店老闆娘能再來我們這裡，我一定要好好款待她。」

「啊，這是個好主意。但是真的太可惜了，現在已經不生產的『肩膀痠痛地藏饅頭』真的很好吃。」

「沒關係，搞不好下次又會繼續生產了。啊，說不定下次會生產對腰痛很有效的零食。」

「如果是真的那就太好了。那麼零食的名字……要取『腰挺挺栗子羊羹』嗎？」

「很有可能喔！」

葵和爺爺開心得哈哈大笑。

佐伯葵，十二歲的女生。在溫泉旅館遇到紅子，繼承了祖父的「肩膀痠痛地藏饅頭」能力。

3 隱形貼紙

喀嚓！

久司舉起相機，迅速的按下快門。

他覺得這張照片拍得很不錯，但是當他看到剛才的成品後，立刻感到失望不已，因為照片的角落拍到了一個陌生大叔的腦袋。

「可惡，又失敗了。」

他忍不住嘆了一口氣。

這裡是全國屈指可數的百花公園，種了許多在不同季節盛開的鮮花，所以一年四季都可以來這裡賞花。

其中最有名的就是梅花。每逢賞梅季節，白色和粉紅色的梅花競相綻放，而且香氣宜人。被這種高雅的香氣包圍，簡直就像置身在天堂，所以公園內總是擠滿了觀光客，到處都是拿著相機和智慧型手機不停拍照的人。

久司帶了自己愛用的相機來拍照，結果卻被困在人群中遲遲無法前進，必須費九牛二虎之力才能走到中意的景點。不過，更令人火大的是，到處都是人，根本拍不到好照片。

久司比起人物照，更喜歡拍攝大自然的風景，或是只有草木的照片。現在公園裡人這麼多，無論拍什麼都一定會拍到人。今天星期六也是人潮眾多的原因之一，雖然他很想在非假日的時候來這裡，但他是上班族，平日都要上班。

遲遲拍不到好照片，久司不由得心浮氣躁，覺得在花前比出勝利姿勢的大嬸很討厭。

「太礙眼了，趕快走開啦。唉，真希望有一臺只會拍到自己想拍景色的相機。」

正當他這麼想的時候，有人向他搭話。

「不好意思，可以麻煩一下嗎？」

久司不耐煩的轉頭一看，頓時大吃一驚，因為他看到一個又高又大的阿姨。

那個阿姨真的很高，比久司還高十公分，而且體型很胖，還圍著一條黑色的毛皮圍巾，身穿紫紅色的和服，看起來氣場更加強大。她豐腴的臉龐看起來很年輕，頭髮卻像雪一樣白，久司以前從來沒有見過這種人。

她笑著把相機遞給驚訝的久司。

「可以請你幫我拍一張照片嗎？」

這個阿姨的相機一看就知道很老舊，幾乎是臺古董了，難以相信這種古董相機還可以拍照。

久司緊張的接過相機。

「這臺相機太厲害了，應該很有歷史吧？」

「對，這是很舊的相機，但有新相機拍不出來的味道。啊，只要按那個按鈕就可以拍了。」

「沒問題。啊，既然要拍，你稍微往左一點，可以把背景的花拍得更漂亮。」

「這樣嗎？」

「再往左一點，好，就是那裡。」

如果是她的話，為她拍照也沒問題。應該是說，久司打從心底很想為她拍照。

久司突然變得很熱心，小心翼翼的舉起相機，然後按下按鈕。

喀嚓，相機發出了清脆的聲音。

「咦？」

久司忍不住眨了眨眼睛，因為他在按下按鈕的時候，覺得這個阿姨脖子上的圍巾好像抬起了頭，看起來像是一隻很大的黑貓。

他急忙又看了一下，當然沒有看到貓的身影。

「我的眼睛太疲勞了嗎？」

久司偏著頭感到納悶，她則滿臉笑容的向他道謝。

「謝謝你，一定拍得很好，可以成為旅行的回憶。對了，要不要幫你拍呢？」

「啊，不用了，我不想拍。我喜歡拍照，但是不習慣別人幫我拍。」

「原來是這樣，你的相機很高級呢。」

她指著久司心愛的相機，久司忍不住得意起來。

「是啊，我對它一見鍾情就買了，幾乎花光了我所有的年終獎金。」

「那拍出來的照片一定很棒。」

「就算相機再怎麼好，這裡人太多了，根本拍不到好照片。」

看到久司用厭世的表情看著周圍的人，她的眼睛一亮。

「這樣啊。既然如此，我送你一樣好東西，算是答謝你為我拍照。」

「好東西？」

「對。」

這個阿姨點了點頭，從小手提包裡拿出一樣東西遞給久司。

那是一張妖怪形狀的半透明貼紙，差不多像五百元硬幣那麼大。那不是普通的薄質平面貼紙，而是微微隆起的立體貼紙。

「這是貼紙嗎？」

「對，這叫『隱形貼紙』。只要把它貼在相機上，即使在人多的地方拍照，也可以把所有人都隱形，只拍到漂亮的風景，所以很好用。」

這個玩笑太好笑了。久司原本想要笑，但是他笑不出來，因為他覺得她手上的貼紙看起來閃閃發亮。

「我好想要。」久司這麼想著，忍不住吞了一口口水。

明明已經不是小孩子了，自己卻這麼想要這種貼紙，簡直是莫名其妙。而且她竟然說這是可以把人隱形的貼紙？真是太可笑了，可是……啊，久司打從心底好想要那張貼紙。

「你、你真的要送我嗎？」

「對啊，這是謝禮，你就收下吧，不必客氣。」

「謝、謝謝你。」

久司接過貼紙時，有一種得到寶物的感覺。自從買了相機之後，他從來沒有這麼高興過。

正當他還在納悶的時候，她對他說了句「那我就告辭了」，便轉眼消失在人群之中。她最後似乎還說了「貼上之後……不要撕下來……」這類的話，可是久司並沒有聽到。

當他終於回過神後，久司照著那個阿姨說的，把貼紙貼在相機上。他當然不相信「可以把人隱形」這種話，只是覺得這樣做比較好，畢竟他真的很不想把貼紙貼在心愛的相機上。

「我的腦波真是太弱了，竟然會聽那個阿姨的話，真的把貼紙貼在相機上。天啊！」

「喂，你不要站在原地不動。這裡很擠，趕快往前走啊。」

「對不起。」

久司苦笑著再度邁開腳步。

他看到一大片綻放的漂亮白梅，就像雲朵一樣聚集在一起。他無論如何都想要拍下這個景緻留作紀念，其他人當然也有同樣的想法。但白色梅花的周圍人滿為患，每個人都在拍照，根本無法靠近。

久司覺得可能要等很久才有辦法近距離拍照，於是決定遠遠拍幾張打發時間。

他拍了幾張之後，立刻檢查拍出來的成果。

「嗚哇！」

他忍不住發出奇怪的叫聲。這也難怪，因為照片中只有白色的梅花，完全沒有半個人影。現場人山人海，但照片把這些人都隱形了，簡直就像是原本就沒有人在場。

久司迫不及待的再次舉起相機，隔著鏡頭，可以看到聚集的人潮，這是理所當然的事。

但是——

他拍的照片還是沒有半個人，就連個影子也沒有。

陷入混亂的久司，這時才終於想起「隱形貼紙」的事。

「原來……是真的？那個阿姨沒、沒有騙我？」

雖然難以置信，但事實似乎就是這樣。他走遍整個公園四處拍照，每張照片上都沒有拍到人。

原本的驚訝立刻變成了喜悅。對於只想拍風景照的久司來說，這簡直太棒了。

「太好了，以後我可以盡情拍照了。」

久司比以前更沉迷攝影，他去各大知名景點拍攝，不管景點的人潮再怎麼擁擠都和他無關，他可以想拍哪就拍哪。

以前拍照的時候都要等很久，得等到周圍沒有人才能按下快門。現在他想拍什麼，只要舉起相機就可以馬上拍，而且拍出來的照片都很出色，想拍幾張都沒問題。

久司拍的照片完全沒有人影，看起來既壯觀又漂亮，甚至還帶有一點神祕感。大家都說他的照片拍得很棒，甚至在公司也很出名，也有同事想收藏久司拍的照片。

有一天，公司的前輩對久司說：

「我有一件事想要拜託你。」

「橫田哥，有什麼事？」

「我舉辦婚禮的時候，可不可以請你當攝影師？因為我沒有找職業攝影師的預算。真的很不好意思，可不可以請你幫個忙？」

久司考慮了一下。雖然他不喜歡拍人物照，但是這位前輩很照顧他，於是就一口答應，當作是回報前輩平時對自己的照顧。

「沒問題。」

「真的嗎？謝謝你，感激不盡！」

但是，久司在答應之後才想到一個問題。

自己的相機沒辦法拍到人影，這樣根本不能當婚禮攝影師。要向別人借相機嗎？不行，還是用自己熟悉的相機比較好。但是該怎麼辦呢？要怎麼解決這個問題？

這時，久司想到了一個好主意。

「對了，只要在婚禮的時候把『隱形貼紙』撕下來就好了，等拍完婚禮再把貼紙貼回去，這樣就沒問題了。」

婚禮的前一天，久司小心翼翼的把「隱形貼紙」從相機上撕下來，然後把撕下的貼紙收好，拿起相機試拍了一下路人。

「很好，拍得到人就表示變回正常的相機了。不過像這樣可以拍到人，感覺有點怪怪的。」

隔天，久司在前輩的婚禮上拍了很多照片，除了為新郎、新娘拍照，也拍了開心喝酒的親戚、客人，還有同事。每張照片都拍得很出色，大家都很高興。

「真的很感謝你。」久司的前輩說。

「照片拍得很生動，簡直就像可以聽到聲音。」一個同事說。

「你有空的時候，可不可以把這張照片傳給我？」

「啊，我也要。明年我結婚的時候，可不可以也找你當攝影師？」另一個同事說。

「好啊，小事一樁。」

久司點了點頭。大家對他讚譽有加，讓他感覺心情很好。雖然他工作方面不太行，但能在這方面能對大家有所助益，讓他充滿了自信。

不過他還是不喜歡拍人物照，心中暗自決定只在受人之託時才拍。前輩包了紅包給他，所以他打算在下個休假日出遠門去拍瀑布。

到了星期六，久司興致勃勃的出了門。他先搭電車再換乘公車，去了很遠的山上。

當然，他也把「隱形貼紙」貼回相機上了。之前曾把貼紙撕下來，他原本還擔心黏性會變差，但看到貼紙和之前一樣牢牢的黏在相機上，他便鬆了一口氣。

他先試拍了幾張照片，發現相機已經恢復至不會拍到人物的效果。

「這樣就沒問題了。」久司興奮的朝瀑布前進。

他想要拍的瀑布周圍聚集了很多觀光客，因為最近電視上介紹了這個景點，所以人潮變得比之前還要多，到處都是熱鬧的笑聲和按快門的聲音。

如果是以前，久司一定會皺著眉頭，在心裡暗罵現場的人「別一直在這裡影響畫面，趕快閃開啦」，但是現在可不一樣了。他心情愉快的決定了最佳角度，根本不在意現場的人，接連按下好幾次的快門。

久司覺得今天拍了不少好照片，便帶著愉快的心情回家。沒想到，當他用家裡的電腦看照片時，卻發現了一件奇怪的事。照片裡的瀑布旁有一個白色身影，看起來像是人影。

「這是怎麼回事？為什麼會拍到這個人！」

難道是因為曾經把「隱形貼紙」撕下來，所以效果變差了嗎？

久司感到很失望，接著又檢查了其他的照片，沒想到每張照片上都有那個白色人影，他忍不住感到氣憤不已。

「到底是誰啊？」

久司心浮氣躁的把照片放大後，忍不住發出一聲慘叫。

他拍到一位穿著白色洋裝的女人，但是照片並沒有拍得很清楚，因為那個人沒有臉，臉的部分光溜溜的，沒有鼻子也沒有眼睛，但是那個人很明顯是正對著鏡頭，好像在看久司。

「怎、怎麼回事？這一定是光線的關係，所以看起來像是拍到了奇怪的東西。」

雖然他逞強的這麼想，卻仍然覺得心裡發毛，最後還是刪除了當天拍的所有照片。

為了消除心裡的疙瘩，久司拿著相機出門。雖然現在已經天黑了，但是今晚的滿月很美，將整個城市照得很明亮，風也很舒服，久司的心情漸漸平靜下來。

「真是的，我怎麼會像小孩子一樣害怕？不可能會有靈異照片啦！」

他這麼想著，來到了河岸。滿月剛好映照在河面上，感覺很有氣氛。

「在這裡拍一張吧。」

久司按下快門，但是當他確認照片時，再度發出了尖叫。

又出現了，那個身穿白色洋裝的無臉女人就站在河的對岸。而且不只那個女人，照片裡還拍到一位身穿破爛軍服的男人，他站在前方的橋上，而且斷了一隻手臂。

他急忙看向橋的方向，當然沒看到那個男人。

「為什麼？怎麼會這樣？」

久司雖然感到很害怕，卻再次拿起相機胡亂拍了一張照片，然後心驚膽戰的按下確認鍵……

螢幕上出現了身體透明的小孩，看起來大約五歲左右，而且人數超過十人。他們從河岸旁的草叢中探頭望向河岸路上，而且全都直視著久司。

「哇啊啊啊啊啊啊！」

久司嚇得把相機丟了出去，相機掉入河中，但久司已經崩潰了，根本管不了那麼多。

NIKO

久司心想，要趕快逃離這裡才行。

他不顧一切的逃回家，用被子蒙住了頭。

那天晚上他嚇得無法入睡，一整晚都在發抖，但是到了第二天早上，天亮之後他又稍微有了一點勇氣。

「既、既然我被鬼附身了……那得想想辦法才行，是不是要去神社之類的地方收驚？」

因為不知道該怎麼辦，於是他上網查詢了一下。他搜尋了解除詛咒的方法、相機、照片等關鍵字，看到了很多相關資訊，幾乎都是一些靈異故事，看起來沒什麼用。

不過其中有一個網頁的內容引起了他的注意。

「詛咒的相機？」

久司全神貫注的看著那篇文章。

「如果這世界上有被詛咒的相機，會發生什麼事呢？如果有拍不到人，卻可以拍到靈異現象的相機會怎麼樣呢？

事實上，的確有這種相機。只要使用這種被詛咒的相機，就可以將人澈底隱形，只拍到鬼的身影。相機的主人A先生為此傷透腦筋，聽說有些鬼還會附在A先生的身上，祂們可能是對『終於有人發現我的存在』而感到很高興。A先生去世之前曾說過好幾次『我錯了，既然貼上去了就不該拿下來，都是我犯了大錯才會拍到那些東西』……」

光看這些內容就夠讓久司心驚膽戰了，沒想到這篇文章還有後續。

「很可惜，這臺曾經拍到很多靈異照片的相機，最後被相機主人的家屬送去寺院供養了，不過當地的相機收藏家有拍攝到那臺相機的樣子，以下就是那臺相機的照片。」

文章下方放了一張舊相機的照片。

看著電腦螢幕的久司，忍不住瞪大了眼睛。

因為那臺相機上，就貼著「隱形貼紙」。

向井久司，二十六歲的男人。在觀光勝地遇見紅子，得到了「隱形貼紙」。

4 無底洞魷魚

英也是大家眼中的「任性小孩」，只要有什麼事不如他的意，他就會馬上翻臉。他覺得這也是沒辦法的事，畢竟不喜歡的事就是不喜歡。

這一天，英也又不高興了。

「為什麼這麼不開心啊？」

照理說，一家人難得出來旅行，今天應該是個開心的日子。這

次安排了兩天一夜的旅程，白天在遊樂園玩，晚上住在一家高級飯店，還可以開懷大吃美食。

自從決定了這次的旅行，英也就一直既期待又興奮。

沒想到在旅行當天，所有的事情都像在故意和他唱反調。

早上英也睡過頭，害得全家人都沒辦法吃早餐，就急急忙忙的衝出了家門，好不容易趕上新幹線後，大家都對他破口大罵。

而且比他大五歲的哥哥數馬在新幹線上也搶先一步，坐走了靠窗的座位。

「太可惜了，先搶先贏！」

英也很生氣。他原本計畫好搭新幹線時一定要坐在靠窗的座位，結果因為哥哥的關係，害他沒辦法在旅行途中看到富士山。

而且倒霉的情況並沒有結束，英也在遊樂園裡也遇到了不幸，他想要玩的遊樂設施竟然在維修中，所以沒辦法玩。

「你不要露出這種表情，不是還有很多好玩的遊樂設施嗎？」

「正在維修有什麼辦法，不要再擺臭臉了，我買爆米花給你。」

雖然爸爸、媽媽這麼勸他，但他還是很生氣。

英也心想：今天從早上開始就一直很不順利，現在僅剩的樂趣就只有在飯店吃晚餐了。今天的晚餐是自助餐，可以盡情吃自己喜歡的食物，所以他絕對不要吃蔬菜，一定要吃肉和蛋糕吃到飽。

沒想到走進飯店辦理入住手續時，英也發現了一件傷腦筋的事。

那就是——再過三十分鐘就要吃晚餐了，但是他的肚子一點都不餓，因為剛才在遊樂園太貪心，吃了太多爆米花。

「這下慘了……早知道就聽媽媽的話了。」

買爆米花時媽媽對他說：

「買小份的爆米花就好，不然你晚餐會吃不下。」

「不要！我就是要大份的，趕快幫我買大份的啦！快買、快買嘛！」

哥哥數馬對大聲嚷嚷的英也皺起了眉頭。

「你這樣很丟臉，都已經小學三年級了，竟然還在吵什麼快買、快買。」

「不用你管，和你又沒有關係。媽媽，不用擔心，即使買大份的我也會乖乖吃晚餐，快買嘛！」

「真拿你沒辦法。」

媽媽對大吵大鬧的英也無計可施，心不甘情不願的為他買了大份爆米花。英也一個人把爆米花都吃光了，因為他說那是他的，完全沒有分給哥哥數馬和爸爸。

但是他現在才發現，自己當時做錯了。如果分給家人一起吃，現在肚子就不會這麼撐了。

「都是媽媽害的，都怪媽媽這麼寵我。」

英也氣鼓鼓的嘀咕著。

但是現在生媽媽的氣也沒有用，他得讓胃裡的食物趕快消化才行。眼前有這麼多美食自己卻吃不下，那種情況簡直太慘了。

英也說了句「我去庭園散步」，然後就走出了房間。

飯店的庭園很大，種了很多花草樹木，但是因為時間已經接近傍晚，庭園裡幾乎沒有半個人。

英也快步走了起來。

「肚子裡的食物趕快消化吧！快點肚子餓吧！趕快、趕快！」英也這麼想著。

在走了一小段路之後，他來到一片有點高的小樹林。

他聽到了說話聲。

有人在小樹林裡。

英也悄悄走向樹叢，探頭向樹叢內張望。

樹叢內有一位穿著和服的高大阿姨，她面對著一隻很大的黑貓，旁邊還有一個皮箱。她應該是住在飯店的客人。

但是一看這個阿姨，就知道她不同尋常。她的頭髮像雪一樣白，臉卻看起來很年輕，完全沒有皺紋，而且她躲在樹叢裡做什麼？

英也屏住呼吸觀察情況。

阿姨正在對一隻黑貓說話，英也可以清楚聽到她嫵媚的聲音。

「墨丸，你聽好了，從進飯店到房間這段期間，你都不能發出聲音喔。作為獎勵，我今天晚上訂了奢侈的豪華大餐。」

「喵嗚？」

「對，我預訂的豪華大餐有螃蟹，等我們進房間就可以好好享用了。」

「喵喵喵喵！」

黑貓開心的叫了起來，牠跳到阿姨的肩膀上，然後身體一下子變得又平又長，轉眼就變成了一條毛皮圍巾，繞在阿姨的脖子上。

從頭到尾看著這個情況的英也，嚇得差點腿軟。

「竟、竟然可以這麼做！我知道了，她是巫婆，絕對錯不了，那個阿姨一定是巫婆，會使用魔法。」

想到這裡，英也覺得可以趁機利用一下這個巫婆。

「沒錯，根本用不著害怕，那個阿姨應該不希望別人知道她是巫婆，所以才會想要偷偷摸摸的溜進飯店。只要搞定她，她說不定會照我說的去做。」

英也雖然有點害怕，但還是撥開樹叢走到阿姨面前。那個阿姨嚇了一跳愣在原地，英也故意目中無人的說：

「這樣不好吧，把貓帶進飯店不好吧？」

「咦？你在說什麼？」

「你裝糊塗也沒用，我剛才全都看到了，我知道你的圍巾是一隻貓。」

「……」

英也對露出嚴肅表情的阿姨笑了起來。

「別擔心，只要你在我身上施魔法，我就不會把這件事告訴別人。」

「魔法？」

「對啊，你是巫婆吧？趕快把魔法用在我身上，我現在遇到了麻煩。」

「……」

「如果你拒絕，我就會去告訴飯店的人，這樣也沒關係嗎？」

英也趾高氣昂的出言恐嚇，但那個阿姨只是目不轉睛的低頭看著他。英也覺得她原本就很高大的身體，突然變得更加巨大了，心裡有點發毛。

「失敗了嗎？威脅巫婆太危險了，還是算了吧。」

正當他這麼想的時候，那個阿姨笑了起來，似乎是在憐憫英也。

「第一，紅子我不是巫婆，所以無法在你身上施展魔法。」

「什麼嘛？你說謊！」

「這是真的，我不會使用魔法，但是小弟弟，我可以讓你挑選運氣。」

話一說完，阿姨便打開了皮箱。皮箱裡放滿了英也從來沒有看過的零食和玩具，有時尚酥餅、護身貓、心動餅乾、睡眠薄荷茶、刷牙堅果、化妝蘋果、細節陀螺、全新徽章、萬人迷麻糬、現釣鯛魚燒。

阿姨用嫵媚的聲音，對目瞪口呆、說不出話來的英也說：

「來，你可以挑一個喜歡的，隨便挑哪個都行，你可以選一個你最喜歡的。」

「只能挑一個？」

英也回過神後嘟著嘴說：

「明明有這麼多，竟然只給我一個，你也太小氣了吧。」

新
全新徽章
無底洞魷魚
現釣鯛魚燒
心動餅乾
化妝蘋果
睡眠薄荷茶
海鷗糖
陽光罐
迷人軟糖

「一個就足夠了。你要挑一個，還是都不要？你自己決定。」

「好吧，那我就挑一個。」

英也嘟著嘴，探頭看向皮箱內的商品。

他忍不住看得出神，因為每一樣東西都很迷人，但是只能挑一個，那就要選最好的。「金運蘋果」好像很不錯，但「迷人軟糖」感覺也挺好的。

正當他這麼想的時候，有個零食吸引了他的目光。

那是一種又扁又薄的零食，裝在長方形的白色塑膠袋裡，袋子上畫了一個人，就像是那種畫在廁所和號誌燈上的簡單圖案。

但是那個人形圖案有一個地方不一樣，因為它清楚的畫出了身體裡的胃，在紅色的胃裡，有個像是異形的黃色東西，而且那個東西有一個尖尖的三角形腦袋，還長了很多觸手。

「是魷魚，魷魚在人的胃裡。」英也看到塑膠袋上用大字寫著「無底洞魷魚」這幾個字。

好奇怪的零食，感覺有點可怕，但英也的內心在吶喊著他想要這個，無論如何都想要！

「這個，我要這個！」

「喔，你果然選了這個。」

「怎麼樣？我不能選這個嗎？」

「不，只是和我想的一樣。好，這樣就成交了，我先告辭，因為辦理入住手續的時間快到了。至於剛才的事……你就不必操心了，沒問題吧？」

阿姨用低沉的聲音叮嚀，英也有點畏縮，但還是點了點頭。

「嗯，我知道啦，就算在飯店看到你，我、我也不會向你打招呼。」

「很好，那就再見了。」

阿姨關起皮箱，大搖大擺的朝飯店走去。

英也一直看著她，直到她的背影完全消失，因為他擔心那個阿姨可能會對他說：「我不想送你了，把零食還給我。」

「太好了，這是我的，我絕對不會還給她。」

英也緊緊握著手裡的零食，盯著阿姨離去的背影。

但是那個阿姨頭也不回的離開了。

英也鬆了一口氣，仔細打量手上的「無底洞魷魚」，越看越覺得這是個好東西。他覺得心滿意足，因為得到了很棒的東西。

哥哥看到一定會很想要，搞不好爸爸、媽媽也會想要，但是英也絕對不會把它分給其他人。

「好，我現在就把它吃掉。」

英也撕開了塑膠袋。

塑膠袋裡裝了一片又皺又扁的棕色魷魚乾，它好像是用一整尾魷魚晒乾製成的，從頭到腳都很完整。

英也張開嘴巴咬了一大口。

他平時不怎麼愛吃這種零食，但是這個魷魚乾實在太好吃了，帶有淡淡的鹹味，越咬越鮮美，而且嚼勁十足，非常有彈性，是很適合細細品嚐的零食。

但是貪心的英也一心只想著趕快吃完，幾乎沒什麼咀嚼，就把

魷魚乾吞了下去，差一點就卡在喉嚨裡，幸好最後全都吞下去了。

「很好，這樣就不會被人搶走了。」

正當他鬆了一口氣時，數馬迎面走來。

「英也，原來你在這裡，快跟我來，我們要去吃飯了。」

「喔，好。」

「喔，慘了。」英也忍不住感到後悔，他終於想起自己原先為什麼來庭園散步了。

原本是為了讓胃裡的食物消化才來這裡，結果又吃了魷魚乾，自己真是太糊塗了。都怪那個阿姨，真不應該讓她用零食哄騙過去，而是要她對自己施展魔法才對。好，等一下要向飯店的人告密，說有人帶貓住飯店。

英也想著這些事，把「無底洞魷魚」的空袋子塞進了口袋。如果被媽媽看到一定會挨罵，所以他打算等一下再偷偷拿去丟掉。

就這樣，英也和家人會合後，一起走去飯店的餐廳。

寬敞的餐廳中央放著很長的桌子，桌面上放滿了各式料理。

小小的蘇打餅乾上放了不同口味的乳酪，還有五彩繽紛的開胃菜、沙拉、雞肉、牛排、漢堡排、義大利麵、炸蝦，還有生魚片、燉菜、蕎麥麵、咖哩和奶油燉牛肉。

當然也有甜點，有好幾種蛋糕、派、布丁、果凍、冰淇淋，還有十種水果，甜點的種類也很豐富。

「好，我要大吃特吃！」

「數馬，這樣吃相太難看了，但是媽媽今天也要大吃一頓！」

「我一定要吃螃蟹，鮪魚看起來也很不錯。」

全家人都很興奮，只有英也悶悶不樂。

眼前有這麼多美食，但自己竟然一點都不餓。都怪白天的爆米花，還有剛才的「無底洞魷魚」。但是，要是什麼都不吃，未免太可惜了。所以英也在盤子裡裝了牛排、焗烤洋芋、漢堡排和炸雞塊，就這樣回到自己的座位。

「咦？英也，你只吃這麼一點嗎？」

「嗯，我先嚐嚐味道。」

「這樣啊，呵呵！你們看數馬，食物都快從盤子裡掉出來了。」

媽媽說得沒錯，數馬的盤子裡裝了各種食物，簡直就像是一座小山。

英也看了羨慕不已，同時把牛排送進了嘴裡。

真好吃。牛排很多汁，再吃一口應該也沒問題吧？炸雞塊看起來也不錯。

再吃一口，再吃一口。

等英也回過神時，才發現盤子已經空空如也。沒想到自己竟然把食物都吃光了。

「既然這樣，應該可以再多吃一點，這些料理實在太好吃了。」

英也這次拿回座位的料理比剛才更少，不過他依然把食物吃得一乾二淨。

「太奇怪了。」英也發現了一件事——他仍然不覺得肚子餓，但是再多的東西他都吃得下，而且不管怎麼吃也不會覺得太撐。

「這該不會……是魔法？對，一定是這樣。因為吃了『無底洞魷魚』這種零食，讓我的胃變成了無底洞。那個阿姨嘴上說自己不會魔法，但最後還是送給我有魔法的零食。」

這麼一想，英也頓時覺得渾身是勁。

太好了，這樣就能大吃特吃，瘋狂吃到飽了！

英也站起來，拿了比數馬更多的料理回來。他裝了一盤又一盤的食物，把所有食物全都吃進了肚子。

漸漸的，周圍的人也發現英也食量驚人。

「那個孩子好厲害。」

「太猛了，他是大胃王嗎？」

成為眾人矚目的焦點，英也感到很得意，但爸爸、媽媽一臉擔心的制止他。

「英也，你、你吃太多了。」

「不要再吃了，會把肚子吃壞。」

「沒事，我還可以繼續吃。」

「有問題，這絕對有問題。」

「喂，英也。」

「吵死了，我都說沒事啊，自助餐不是可以吃到飽嗎？既然這樣，就讓我開懷大吃啊。」

英也說完又繼續吃了起來。其他客人吃飽後便一一走出餐廳，只剩他一個人還在狼吞虎嚥。

最後，直到飯店的工作人員走過來說：「餐廳的營業時間即將結束。」才委婉的把英也趕了出來。

工作人員說話時臉色十分蒼白，英也卻故意使壞，對他說：「我很期待明天的早餐喔。」看到那名工作人員聽完話後，變得更加面無血色，英也開心得不得了。

英也不理會家人用害怕的眼神看著自己，心滿意足的上床睡覺。

睡到半夜時，英也突然醒了過來。

肚子好餓。

他最先閃過這個念頭。

當他坐起來之後，發現肚子變得更餓了，簡直是餓到前胸貼後背，必須馬上吃東西。

他在房間裡翻找食物，結果只找到果汁。其他家人都睡得很熟，如果把他們吵醒，一定會挨罵。

他發現肚子越來越餓，餓到連胃都開始痛了。

「不行，不能繼續忍耐了。」

英也搖搖晃晃的走出房間。他聞到一股氣味，雖然味道很淡，但他知道那是食物的香氣。

「食物，有食物。」

英也朝香氣飄來的方向前進。他的腦袋昏昏沉沉，滿腦子只想著要吃東西。

不一會兒，他來到一間很大的房間，裡面一個人也沒有。雖然房間內很昏暗，但他隱約看到了許多鍋子和烤箱，這裡應該是飯店的廚房。

但是他一點也不在意烤箱，英也尋找著他想要的東西，最後終於找到了一個巨大的冰箱。

他打開冰箱，發現裡面放滿了火腿和乳酪，許多保鮮盒內還裝了醋醃料理、醬菜、白煮蛋和炸肉丸等已經做好的食物，水果、蔬菜、果醬和麵包也很豐富。

「太好了，找到食物了。」

英也拿出一大塊火腿，當他咬下第一口的時候，記憶中斷了。

「喂！來人啊！廚房！食材！」

英也聽到慘叫聲，才終於回過神。

「啊，咦？這裡是哪裡？」

他的眼前有一個巨大的冰箱，冰箱門開著，但是裡頭幾乎空無

一物，而且他的腳下全都是空的保鮮盒、果醬瓶，以及撕開的塑膠包裝紙。

英也搞不清楚眼前的狀況，不知所措的看著周圍，這時牆上的時鐘正指著數字五。

「凌晨五點？太奇怪了，我不是和大家一起在房間裡睡覺嗎？」

英也這麼想著的時候，幾個戴著白色廚師帽，繫著白色圍裙的人衝進了廚房。他們一看到英也和空空的冰箱，全都大吃一驚的愣在原地。

「不、不會吧！」

其中一個人發出驚訝的叫聲，其他人也跟著大叫出來。

「冰、冰箱真的空了！你、你都吃光了嗎？你、你是妖怪嗎？」

「你要怎麼賠償啊！」

「喂，這是誰家的孩子！他的父母呢？是住在飯店的客人嗎？」

「沒錯，他是５０３號房客的小孩，昨天晚上吃自助餐時，他就一個人在那裡狂吃。」

「太誇張了！昨天晚上吃那麼多，還跑來廚房偷東西吃嗎？簡直難、難以置信。」

「你看啊，冰箱裡的食物被吃光了，事先做好的湯和燉菜也全沒

了。」

「麵包也被他吃光了！怎麼辦？這下子沒辦法為客人準備早餐啊！」

「趕快去採買。」

「現在去買也來不及了！」

「啊，可惡！現在怎麼辦啊！」

聽到大人們怒氣沖沖的大聲討論，英也嚇得縮成了一團。

仔細一看，他發現自己周圍都是食物碎屑，手指和嘴巴周圍也又髒又黏。難道自己真的像他們說的那樣，把飯店的食物都吃光了嗎？

這時，英也的父母跟著身穿黑衣的飯店人員跑進廚房。

「英也！你、你怎麼會這樣！」

「不、不是啦！」英也不加思索的大叫，「不、不是我，是巫婆！都是巫婆搞的鬼！」

「英也，你……」

因為媽媽哭了起來，英也顯得越來越慌亂，拚命向飯店的人解釋。

「我沒騙你們！有個一頭白髮、身穿和服的阿姨，她就是巫婆！

她給我一個很奇怪的零食，我吃了之後就出問題了！你們去把她找來，拜託你們去找她！」

飯店的工作人員一臉嚴肅的說：

「這家飯店裡沒有你描述的客人。」

「啊？騙、騙人，她說她要去辦入住手續。」

「這三天我一直在櫃臺，根本沒看到這樣的客人。」

「怎麼會……」英也疑惑得抱著頭。

為什麼？為什麼會這樣？晚餐的時候還好好的，現在卻突然肚子餓，這不是很奇怪嗎？

英也手足無措的蹲在地上，聽到飯店的人和父母說話的聲音。

「這種行為太惡劣了，雖然是小孩子做的，但你們必須賠償。」

「好、好，我們知道，但請讓我們先帶兒子去醫院。」

「他以前不會吃這麼多，拜託你們，請讓我們先帶他去醫院檢查。」

「不行，你們必須先付錢。」

「我們不會不付錢，一定會負責賠償！」

就在這時——

咕嚕嚕嚕……

英也的肚子叫了起來。

所有人都倒吸了一口氣，英也在鴉雀無聲的廚房內小聲說：

「我肚子餓了……」

英也覺得意識慢慢模糊了起來，但他忍不住在心裡納悶，為什麼會這樣呢？

如果他在吃「無底洞魷魚」之前，有先看塑膠袋背面寫的說明，應該就不會發生這種事了。

因為上面清楚的寫了食用方法和警告標語。

明明還想再吃，但是肚子已經飽了，怎麼也吃不下。這對美食家來說，是很痛苦的煩惱。這種時候，「無底洞魷魚」就能大顯身手了。這款嶄新的創意商品，可以在胃裡養一隻貪婪的「胃魷魚」。聽起來有點可怕嗎？不不不，別擔心，只要細嚼慢嚥，胃魷魚就不會胡作非為。總之，吃的時候一定要細嚼慢嚥，千萬要牢記這件事。

松下英也，九歲的男孩。在飯店威脅紅子，得到了「無底洞魷魚」。

5 海鷗糖

深夜時分，紅子在一個海港城市下了車。

「唉，真是累死我了，沒想到行程會被打亂，但幸好訂到了民宿。沒錯，民宿的老闆娘說會為我們準備晚餐。墨丸，你是不是也餓壞了？這裡是海港城市，搞不好會有生魚片。」

說完，紅子戳了戳圍在脖子上的圍巾，但變成圍巾的墨丸卻一動也不動的，一點回應也沒有。

紅子有點著急，繼續開口說：

「喂，墨丸，你在生什麼氣？飯店的事我也很無奈啊，誰叫我們被那個看起來很壞心眼的小鬼看到了。保險起見，我們只好放棄住在那家飯店，我相信你也能理解吧？」

「……」

「不要再生氣了，我和你一樣，沒吃到那頓豪華大餐我也很失望啊。」

「……」

「這樣好了，幸好這裡是位在海邊的城市，明天我們自己出海去釣大魚。」

「喵？」

「對，這次我們慢慢釣魚，一直釣到你滿意為止，還可以盡情吃新鮮的魚，你覺得怎麼樣？」

「喵喵！」

「太好了，那我們先去民宿，明天再去買釣魚的工具。對了，我們也可以露營，得去買些露營用品才行。」

紅子一邊唸著「看來明天會很忙」，一邊朝民宿的方向前進。

五郎是個頹廢的男人。

他的表情總是一臉陰沉，衣著打扮也很邋遢。

他的精神也很頹廢。雖然有工作，但只是做一天和尚撞一天鐘，並不想更努力，完全缺乏幹勁。

自從三年前他的太太去世之後，他就變成了這副模樣。對五郎來說，跟他結婚二十五年的太太是無可取代的伴侶，正因如此，當太太去世只留下他一個人時，他根本不知道該如何是好。再加上他們沒有孩子，所以五郎對所有事物都意興闌珊。

五郎唯一的樂趣就是出海釣魚。

每逢假日，五郎就會早起，帶著釣具和魚餌走出家門。他釣魚並沒有固定的地點，每次都是看當天的心情去漁港、沙灘或是海邊。一旦決定地點之後就不會再移動，一直待在原地靜靜的等魚上鉤，這就是他釣魚的方式。

雖然常常一無所獲，但五郎喜歡「等待」這件事。

一個人靜靜的看著大海，心靈就像是受到了洗滌，而且看著海鷗在海上飛來飛去，心情也特別的好。吹著海風，便利商店的飯糰也變得更美味可口，他只有在那一刻才覺得自己很幸福。

如果能夠釣到魚，那就是錦上添花了。

當浮標慢慢沉入水中時，那種「上鉤了！」的興奮感；握著釣竿的手感覺到魚咬住釣鉤的感覺；捲動釣線時不想扯斷釣線，要和魚鬥智鬥勇、鬥耐力，時而小心謹慎，時而又要大膽的和海裡的魚較勁。

最後終於把魚從海裡釣起來時，內心會充滿「我贏了！」的滿足感。

他釣魚釣了十年，至今仍然不知厭倦。

這一天，五郎想出海釣魚，於是他在漁港租了一艘小船，發動馬達後乘風破浪的來到了海上。

小船在海上行駛不久，就看到了一座小島。這個島雖然很小，但是島上長滿了翠綠的青草，還有巴掌大的海灘。

這個無人島是五郎很喜歡的釣魚地點。雖然少有釣客知道這個祕境，但這裡經常可以釣到很大的眼張魚。

「好，如果釣到了眼張魚，就來吃生魚片。」

新鮮的眼張魚生魚片肉質光滑透亮，看起來賞心悅目，而且那扎實的口感簡直令人欲罷不能。

五郎忍不住呵呵笑了起來。兩隻海鷗從他的頭頂飛過，看到自己最喜歡的海鷗，五郎的心情更好了。

今天應該可以釣到大魚。

他渾身充滿幹勁，將小船駛向無人島。

當他抵達無人島時，忍不住大吃一驚——島上竟然已經有人到了。

沙灘上停著一艘小船，無人島中央還有一頂黃色的帳篷。

到底是誰來這裡？五郎不由得東張西望起來。

這時，他在小島東南方的海岸邊看到了人影。

那個女人身材很高大，全身上下都穿著釣魚裝，她坐在岩石上，手上還拿著一根嶄新的釣竿，而且她的身旁竟然有一隻很大的黑貓。那隻黑貓看起來和那個女人的感情很好，正專心注視著釣竿前方的動靜。

眼前奇妙的景象，讓五郎忍不住眨了眨眼。

這時，女人發現了他。

「哎呀，你好啊。」

女人嫣然一笑。她的笑容很可愛，但是看不出年紀。她的臉頰豐腴，給人感覺很年輕，卻又像是上了年紀。

「你好，有收穫嗎？」

「完全沒有，我想應該是我技術太差的關係。」

女人說話的語氣與眾不同，她舉起釣竿，從海裡拿出來的釣鉤上什麼也沒有。

「真是的，魚餌又掉了。」

「喵嗚！」

「好啦，墨丸，我知道，我一定會釣魚給你吃，你再等我一下下。」

「喵嗚嗚。」

女人安撫著在一旁抱怨的黑貓，打算把魚餌裝到釣鉤上，但是她的動作很慢，而且看起來很危險。她似乎是第一次釣魚。

五郎看不下去，主動提出「要不要幫忙？」女人一聽露出鬆了一口氣的表情。

「你願意幫忙嗎？真是太好了。」

「哪裡，只是舉手之勞而已。魚餌要像這樣裝在釣鉤上，放進水裡時動作要輕，否則魚餌就會脫落，沒辦法釣到魚。」

「原來是這樣啊。」

「還有，當浮標抖動時不要馬上捲釣線。魚出乎意料的小心謹慎，在大口咬餌之前，都會輕啄魚餌嘗味道。」

「原來如此，我知道了。」

女人專心的聽他說話，讓五郎感到有點不好意思。這三年來，從來沒有人這麼依靠自己，認真聽自己說話。

「差不多就是這樣，我在你旁邊釣魚，如果有什麼問題或是遇到什麼困難，隨時都可以問我。」

「謝謝你這麼幫忙，我對釣魚一竅不通，真是受益匪淺。」

五郎在準備釣竿時問她：

「你是第一次釣魚嗎？」

「對，雖然常用『現釣鯛魚燒』釣鯛魚燒……但真正的釣魚果然很難。」

「釣鯛魚燒？」

五郎笑了起來，覺得她真是愛開玩笑。

女人說自己叫做紅子，她的貓叫墨丸。

「我第一次看到有人帶貓來海釣。」

「呵呵，無論我去哪裡，墨丸都會跟著我。」

「這隻貓真漂亮，身上的毛很有光澤。」

「謝謝。」

愛貓受到稱讚，紅子發自內心感到高興。

他們天南地北的聊著天，同時也等待著魚兒上鉤。五郎雖然不擅長和人聊天，卻和紅子聊得很愉快，這一定是因為紅子身上有種不可思議的感覺。

一問之下才知道，紅子是趁休假期間帶著墨丸四處旅行。

「你們在旅行嗎？這樣真不錯，但是……在旅行途中跑來釣魚，還真是少見啊。」

「沒什麼，這都是為了墨丸。」

「為了你的貓？」

「對，我和牠約好要讓牠吃很多螃蟹，結果卻發生了一點狀況，不得不取消吃螃蟹的計畫，結果牠就很生氣。」

「原來是這樣，所以你想釣大魚給牠吃，彌補沒吃到螃蟹的遺憾嗎？」

「對，我們從昨天就住在這座小島上，無論如何，我一定要釣到大魚。」

紅子說完，還伸手指了指那頂黃色帳篷。

沒想到竟然有人對貓這麼用心，五郎不由得感到佩服。

「真是了不起。對了，你們旅行的目的地是哪裡？」

「我們沒有決定目的地，只是四處走走，去想去的地方，享受美食和美景。」

「漫無目的的旅行嗎？真棒，我也很想試一試。」

五郎情不自禁的看向大海。海鷗在海上飛來飛去，他很希望可以像海鷗一樣在空中翱翔，就這樣飛向遠方不再回家。因為失去太太後的家空蕩蕩的，實在太寂寞了。

這時，紅子開了口。

「你從剛才就一直在看海鷗，你喜歡海鷗嗎？」

「對，我很想變成海鷗。你不覺得牠們的生活很棒嗎？在大海中抓魚，在天空中自由飛翔，簡直是完美的生活方式。」

「這樣啊，」紅子雙眼發亮，「如果是這樣，我有一樣很適合的東西……」

「很適合的東西？」

紅子正打算繼續說下去，但剛才靜靜守在一旁的墨丸，突然大叫了起來。

「喵喵喵！」

轉頭一看，紅子的釣竿前端用力的向下彎曲。

「上鉤了，魚上鉤了，我釣到魚了！」

「你冷靜一點！如果突然捲起釣線，釣線會斷掉！」

「怎麼辦……魚、魚很用力在拉扯！」

「我來幫你……呃，這應該是一條大魚！」

「五郎先生，接下來該怎麼做？」

「你先不要緊張，沒問題的。魚現在會拚命掙扎，你就讓牠掙扎，等牠累了，再慢慢收起釣線。沒問題，你一定可以做到！」

「好，我知道了！」

接著他們專心的對付那條魚。兩個人輪流拿著釣竿，沉著的等待魚疲憊的時刻到來。

就這樣，魚隨著慢慢收起的釣線，漸漸來到接近水面的位置，在海浪之間，可以看到泛著白光的魚影。

「好大！這條魚太巨大了！」

「五、五郎先生，我的手臂快發麻了！」

「再加把勁！我來拿網子。」

五郎急忙拿出自己的撈網，一下子把紅子拉出水面的魚撈起來。那條魚很重，連他都差點要跌進海裡了。

這也難怪，因為紅子釣到了一條六十公分長的黑鯛。無論是像盔甲般發出黑色光澤的魚鱗，還是魚的尺寸，全都令人嘆為觀止。

五郎興奮不已，簡直就像自己釣到了大魚。

「太、太厲害了！好漂亮的黑鯛，這種魚一般很難釣到，你的運氣太好了。」

「對，也許是吧。要釣到這條魚真不容易，快累死我了。」

雖然喘得上氣不接下氣，但紅子的臉上帶著笑容。

「真是太好了，這下子終於完成了和墨丸之間的約定。五郎先生，都是多虧有你的指導。對了，如果你不嫌棄，要不要來我們的帳篷？我們一起分享這尾黑鯛。」

「這是我的榮幸，一定很美味。」

就這樣，他們兩個人和一隻貓帶著那尾魚，興高采烈的走向帳篷。

帳篷內有露營和烤肉需要用到的所有用品，當然也有烹飪工具和調味料。

「太厲害了，連味噌和奶油也有……好，那我來下廚吧。別看我這樣，其實我的廚藝很不錯。」

「那就拜託你了。」

五郎很久沒有做菜給太太以外的人吃了，他挽起袖子開始殺魚。

他用「三枚切」的方式把魚肉切了下來，然後把最大的那塊魚肉做成生魚片，剩下的魚肉則灑上麵粉、鹽和胡椒，用奶油煎熟。

剩下的魚骨和魚頭也沒有浪費，全放進鍋子裡，再加入味噌，做成了好喝的味噌魚湯。

紅子也俐落的洗米煮飯，準備了碗筷。

「好，完成了！」

無人島上的午餐很豐盛。

新鮮的生魚片肉質緊實，嫩煎魚排的奶油香氣十足，味噌魚湯讓全身都暖和起來，熱騰騰的米飯更是美味可口。

紅子不停說著好吃、好吃，連喝了好幾碗魚湯，也稱讚嫩煎魚排簡直是極品。

墨丸也沒閒著，牠大快朵頤的吃著生魚片。

五郎感到很滿足。

雖然當初開始釣魚，是覺得可以獨自享受釣魚的樂趣，但現在他覺得和別人一起釣魚也很開心，而且有人吃自己做的菜，也讓他很高興。

正當他沉浸在這種心情時，突然想起一件事。

五郎轉頭看著紅子問：

「對了，你剛才好像有什麼話沒說完。」

「哦？是嗎？」

「對啊，你說有什麼很適合的東西。」

「哦，原來是這件事。」

紅子目不轉睛的看著五郎，五郎覺得自己的內心深處好像被她看穿了。

紅子笑了笑，對他搖搖頭說：

「沒事，請你忘了這件事。」

「這、這樣啊，那就算了。」

吃完午餐，他們決定一起喝杯咖啡。

紅子用小瓦斯爐燒開水時，突然聽到了鳥叫聲。抬頭一看，有一隻水鳥在他們的頭頂上盤旋。

「那是……雁鳥嗎？真是少見啊，這種鳥通常不會來這裡。」

「不，那是……『聯絡落雁』。」

「聯絡？」

「應該是我們店裡派來的。五郎先生，我可以離開一下嗎？」

「啊？好，請便、請便。」

「那我就失陪一下。啊，咖啡在帳篷內，等水燒開了，你可以先喝。」

紅子說完便轉身離開。奇怪的是，原本在頭頂盤旋的水鳥，也跟在紅子身後飛走了。

五郎獨自留在原地，剛才跟在紅子身邊的墨丸也不知道去了哪裡，可能是去尿尿了吧。

這時，水壺發出了咻咻的聲音——水燒開了。

五郎關了火，走進黃色帳篷拿咖啡。他一走進帳篷，整個人就愣住了。

帳篷內除了有很多露營用品，還有一個大皮箱。

那個皮箱很舊，一看就知道很有來歷。

「裡面裝了什麼？好想打開皮箱，好想打開看看裡面。」五郎在伸出手時猛然回過了神。

「我在幹什麼啊？絕對不可以這麼做，怎麼可以隨便打開別人的皮箱？趕快找到咖啡就離開帳篷。」

但是他還是站在皮箱前無法動彈，只要稍不留神，手就會伸過去打開箱子。

這時，他突然想到一件事。

也許咖啡就放在皮箱裡。沒錯，一定是這樣。如果是為了找咖啡，即使打開箱子應該也沒關係。

他為自己找到一個牽強的理由，終於打開了皮箱。

皮箱內裝了許多色彩鮮豔的零食和玩具，所有東西看起來都閃閃發亮，好像是裝在皮箱裡的寶物。

其中有一樣東西特別吸引五郎。

那是一個裝在透明袋子裡的糖果，透明的藍色糖果很漂亮，簡直就像是玻璃工藝品。糖果的形狀也很特殊，它不是圓的，而是一隻展翅高飛的海鷗，袋子上用漂亮的細體字寫著「海鷗糖」。

五郎一看到「海鷗糖」就很想要。

不行了，五郎無法克制自己，心中一直覺得無論如何都想吃這種糖，而且一定要馬上吃下去。等一下再向紅子道歉好了，就這麼辦，先吃再說，這是唯一的方法。

他不顧一切的把海鷗糖放進嘴裡。

海鷗糖嘗起來很甜，而且口感清新，帶有一股海水的香氣。那是五郎很熟悉的香氣，而且糖果就像是用水做的一樣，一下子就在舌頭上融化了。

五郎很快就吃完了海鷗糖。

突然間，他感覺到呼吸困難。

「這裡的空間太狹小了，要趕快去更寬敞的地方。」

五郎抓著喉嚨衝出帳篷，卻依然感到呼吸困難。

「這裡不行，要去更前面，要去更前面才行。」

五郎繼續奔跑，他穿越了無人島上的岩石區，然後向大海縱身一跳。

但是他並沒有落入水中，五郎張開的雙臂乘著風，輕盈的在風中飛了起來。

五郎驚訝的看向自己的手臂，他發現自己的手變成了細長的白色翅膀。

低頭一看，自己在海面上的倒影並不是人類的樣子，而是一隻張開翅膀的鳥。

五郎領悟到自己變成了鳥，自己終於變成嚮往的海鷗了。

他當然很驚訝，卻也感受到極大的喜悅。

「我是海鷗！我變成海鷗了！」

五郎欣喜若狂，覺得其他的事都無所謂了。

五郎盡情的飛翔，他美麗的翅膀完全不覺得疲倦。他一用力揮動翅膀，身體就輕盈的向前滑行，只要順利的乘著風，還可以飛向更高的地方。

當身體發熱時，只要去海面休息片刻就好。身體隨著海浪搖晃，舒服得像是坐在搖籃裡。

他也可以鑽進水裡抓魚，沒想到那些活蹦亂跳的小魚這麼美味。

太快樂了，太自由了。

當海鷗太快樂了，所以五郎完全沒有發現，他之前當人類的回憶和心情都漸漸變得淡薄。

最後——五郎消失了。

那裡只有一隻海鷗。

牠高聲叫著，再度飛向天空。

紅子走回帳篷時，帳篷裡空無一人，五郎不見了。

當她看到打開的皮箱，紅子忍不住嘆了一口氣。

「唉，他還是……發現了『海鷗糖』。」

墨丸驚慌失措的跑了過來。

「喵嗚！喵嗚喵嗚喵嗚！」

「對，我知道，五郎變成海鷗飛走了，對不對？」

「喵嗚？」

「不，他應該不會回來了。」

紅子露出寂寞的笑容。

「有些想要變成動物和鳥類的人，會無法再變回人的樣子。我一看到五郎就發現了，他是不會變回人類的那種人，所以也覺得『海鷗糖』很適合他……可是後來發現他對身為人類的生活方式產生了希望，我就沒有給他了……真遺憾，原本還想和他一起喝咖啡呢。」

「喵嗚。」

墨丸靠在紅子身上，似乎是想安慰她。紅子摸著墨丸的背，點了點頭說：

「是啊，這也是五郎自己的選擇。也許對他來說，忘記自己曾經是人類，自由自在的在天空和大海之間飛翔是一種幸福。」

紅子挺直身體，似乎打起了精神。

「墨丸，我們的旅行要結束了，留在店裡的招財貓送信來，希望我們趕快回家，好像發生了什麼大事。」

「喵嗚？」

「不，我不知道發生了什麼事，招財貓並沒有把重要的內容告訴『聯絡落雁』。總之我們得回家了，但也不必太著急，應該可以趕上今晚的末班車。」

「喵嗚喵嗚！」

「喔，你說得對，謝謝你提醒我，我忘記預留時間去買伴手禮了，那我們要趕快出發。」

紅子急忙動手收拾帳篷。

田口五郎，五十二歲的男人。在無人島上遇見紅子，擅自吃了「海鷗糖」。

6 靈感豆沙苞

遙香的哥哥一志是手藝很好的和果子師傅，他做和果子的想法很開放，也很擅長將傳統的豆沙或麻糬和奶油、堅果結合，做出現代人也喜歡的和果子。最重要的是他做出的成品味道很協調，只要吃一口，就讓人有幸福的感覺。

美中不足的是，一志做的和果子賣相不好，不知道該說是不夠可愛還是缺乏魅力，整體感覺很俗氣，讓人不會有想買的欲望。

「哥哥，你做的甜點就輸在賣相上，要做得可愛一點，讓客人想要吃。趕快趕快，你要在造型上多下點工夫。」

遙香這麼激勵哥哥是有原因的。不久之後即將舉辦和果子比賽，一旦在比賽中獲勝，就可以馬上打響名號，如果將比賽中獲勝的和果子作為店裡的招牌商品，一定會有很多客人上門。

一志的夢想，是想將已經去世的父母留下的「皋月堂」，打造成日本最出色的和果子店；而妹妹遙香的目標，就是要協助哥哥完成這個夢想。

「你做的和果子味道無人能比，如果沒辦法讓賣相也配得上味道，那就太可惜了，所以這三款都不行。」

「啊？又不行？我覺得這款金魚寒天凍很不錯啊。」

「駁回！這個不行，金魚的眼睛太大了，簡直就像妖怪。而且為什麼要做成凸眼金魚的造型？做普通的金魚造型就好了啊。」

「凸眼金魚也很可愛啊。嗯，真的很可愛，就算不能參加比賽，但可以作為店裡的商品吧？」

聽到哥哥一志老神在在的這麼說，遙香感到很頭痛。一志個性溫柔又很努力，只不過有些地方和現實有點脫節，遙香一直覺得自己得好好督促哥哥才行。

「總之很快就要比賽了，你要趕快想一款出色的和果子。」

兩兄妹每天都為要參加比賽的和果子造型和味道絞盡腦汁，卻遲遲找不到靈感。日子一天一天過去，遙香整天都提心吊膽的。沒想到一志終於設計出一款很棒的和果子。

那天早上遙香一走進工房，就看到了盤子裡的和果子。那是一隻小黑貓和一隻小白貓依偎在一起，看起來相親相愛，而且很可愛。

「你……你覺得怎麼樣？」

一志戰戰兢兢的問妹妹遙香。

「我昨天看到店附近的貓坐在一起，看起來感情很好，就想到了

泉月堂

這個點子。兩隻小貓都是用米粉做的『練切果子』。」

「……」

「還……還是不行嗎？」

「嗯……這很棒。」

「啊？」

「很棒！這個造型太棒了！哥哥，這個好可愛，你只要用心就可以做到嘛！」

向來很嚴格的妹妹難得稱讚自己，一志開心的笑了起來。

就在這時，遙香倒吸了一口氣。因為工房的後門開著，她發現有一個人站在那裡。

那個和一志一樣，在白色工作服外繫著白色圍裙的男人叫大室龍司，他也是製作和果子的師傅。他和一志在同一家和果子店裡拜師學藝，是一志的師兄。

遙香很討厭這個人，雖然一志向來不以為意，但遙香發現大室經常剽竊一志的點子，而且還因此得到了肯定。

大室在和皋月堂隔了兩條馬路的地方開了一家「黃金堂」，兩家店是相互競爭的關係。

大室是什麼時候站在那裡的？他該不會已經看到一志的新作品

了吧？

遙香立刻警戒起來，一志卻毫無防備的笑著說：

「喔，龍哥，好久不見，有什麼事嗎？」

「沒什麼大事啦，你也要參加比賽吧？你知道比賽會場的地點改了嗎？」

「啊！真的嗎？」

「我就猜你不知道，所以來送新的宣傳單給你。」

大室甩著手裡的宣傳單，走進皋月堂的工房，然後瞥了一眼桌上的和果子。

「喔，你難得做出這麼可愛的作品，是打算拿這個去參加比賽嗎？」

「是啊，我對味道也很有自信。黑貓是用豆沙和鮮奶油做的，白貓則是用白豆沙和核桃，還加了一點鹽巴提味。」

「喂喂喂，哥哥！你怎麼自己把祕方說出來啊？」

「啊？這有什麼關係嘛。」

看到遙香怒目圓睜的模樣，大室哈哈大笑了起來。

「對啊，你對我警戒心這麼重，讓我很受傷耶。別擔心，我的參賽作品已經決定了。那麼，就祝我們在比賽中都有好成績。」

大室說完就離開了。

「遙香，你剛才會不會太失禮了？」

「是你太遲鈍了！你忘記他已經剽竊你的點子好幾次了嗎？」

「有嗎？」

「你這個遲鈍鬼！而且哪有人會將準備送去參加比賽的重要作品拿來炫耀啊！真不知道你在想什麼，現在該怎麼辦啊。」

「好了好了，別這麼生氣嘛，龍哥沒有你想的那麼壞啦。啊，對了，我想到這兩個和果子的名字了。」

「什麼名字？」

「『小黑和小白』，是不是很可愛？」

遙香失望不已，她覺得哥哥對商品命名的品味也有待加強。不過，即使名字有點土，這款和果子也不會有太大的問題。遙香為哥哥能在比賽前做出這款作品鬆了一口氣。

到了比賽當天。

各地的和果子師傅都來參加比賽，偌大的會場內有各式各樣的和果子。

一志把「小黑和小白」放在自己的攤位時，遙香去觀察別人的作品。雖然所有作品都可以感受到師傅的用心，但她覺得還是哥哥的作品最出色。

正當遙香這麼想的時候，她看到了一個難以置信的作品。那是一個貓咪造型的和果子，一對黑貓和白貓像勾玉一樣首尾相交，形成一個漂亮的圓形，簡直就像黑夜和明月結合在一起。那款和果子的名字，就叫做「月夜貓」。

製作者的名字也寫在牌子上，竟然是黃金堂的大室龍司。

遙香看了之後大吃一驚。

「不會吧……」

遙香看到站在攤位後方的大室，大室也看到了遙香，對她露齒一笑——那是卑鄙的勝利笑容。

遙香恍然大悟。

大室這個人死性不改，他又剽竊了哥哥的創意，而且還厚顏無恥的拿來參加比賽，簡直是和果子界的老鼠屎。

遙香氣得腦筋一片空白，只能不停的顫抖。不一會兒，比賽就開始了。

十名評審走去每一個攤位了解參賽作品的外觀，並且品嘗作品的味道。

皋月堂和黃金堂的作品都進入了決賽。

最後，一位稍微有點年紀的評審委員長公布了比賽結果。

「雖然這兩款和果子的味道都無可挑剔，但黃金堂的作品外觀更有品味，所以這次由黃金堂獲得冠軍。不過真是太巧了，進入決賽的兩件作品使用了完全相同的材料，而且外觀也很相似。」

最後，比賽由黃金堂拔得頭籌。

大室賽後接受了媒體的採訪，遙香看到他得意的樣子，忍不住怒火攻心。

「卑鄙小人！明明就是個小偷，竟然還這麼厚臉皮，絕對不能原諒他！」遙香心想。

正當她想衝過去的時候，一志用力拉住了她。遙香一邊掙扎一邊小聲的說：

「我要去罵他，絕對不能原諒這種行為！」

「遙香，別衝動。」

「為什麼！怎麼可能會有這種巧合？我要把他的行為告訴所有人！」

「不行啦，不管是什麼原因，這次的比賽是我輸了。如果我去向龍哥抱怨，大家會覺得我輸不起，反而會引起負面的傳聞，這次就算了。」

一志臉色鐵青，但還是笑著說：

「別擔心，我再設計出更棒的和果子就行了。我下次會更努力，走吧，亞軍的成績也很不錯啊。」

但是冠軍和亞軍的差異，比他們想像得更大。

到了隔天，黃金堂開始大排長龍，但皐月堂幾乎門可羅雀。

「和果子比賽冠軍作品『月夜貓』上市！」看到在黃金堂前飄揚的巨大旗幟，遙香就恨得牙癢癢的，同時也很氣哥哥是個濫好人。那個明明就是哥哥的和果子。哥哥也有問題，對那種人毫不設防，所以才會被他剽竊，而且竟然不敢去抱怨，真是太沒出息了。

不過一志似乎也受到了打擊，雖然他強打起精神，但在比賽過後，他對做和果子就有點意興闌珊。

遙香起初很生氣，但日子久了，也不免開始擔心。

「要想想辦法才行，一定要讓哥哥振作起來。但是該怎麼做呢？」遙香獨自坐在店裡的櫃臺前苦思。

這時，難得有客人上門了。

「打擾了。」

「啊，歡迎光臨。」

遙香在打招呼後大吃一驚，因為走進店裡的女人身材高大，簡直就像是相撲選手。

這個高大的女人穿著古錢幣圖案的紫紅色和服，脖子上圍了一條很有光澤的黑色毛皮圍巾，看起來貴氣逼人。雖然頭髮像雪一樣白，但臉蛋看起來很年輕，嘴脣上擦著紅色口紅，散發出嫵媚的感覺。她拎著一個大皮箱，似乎正在旅行。

遙香看傻了眼，女人微微彎下身體，打量著陳列和果子的櫥窗。

「哦，凸眼金魚的和果子很少見，我第一次看到呢。」

「啊，這是本店的獨家商品，包裹在外頭的是黑砂糖寒天凍，裡面是口感很像麻糬的甜點『求肥』，很容易入口，也可以享受到軟嫩

Q彈的口感。」

「軟嫩Q彈聽起來很誘人……好，幫我把所有的凸眼金魚包起來，旁邊的竹葉丸子和奶油大福也各二十個。」

「這、這麼多嗎？」

遙香第一次遇到一口氣買這麼多的客人，再加上剛才原本很沮喪，所以忍不住喜極而泣。

「謝謝惠顧，那我多送你一個大福。」

「哎喲，這樣真是不好意思！」

「沒問題的，謝謝你買這麼多。我現在就把它們裝盒包起來，請稍候片刻。」

「好，拜託你了。」

遙香把和果子裝進盒子時，那個女人一直盯著她看，然後突然開口問她：

「你昨天是不是沒睡好？」

「啊？」

「不好意思，因為我看你眼睛很紅，氣色也有點差，所以有點擔心……還是你有什麼煩惱？」

女人的聲音打動了遙香，她頓時眼眶泛紅，壓抑許久的不滿和煩惱一下子湧上心頭。

當她回過神時，才發現自己把事情全都告訴了那個女人。

女人認真的聽她說完。

「哎喲，這還真是傷腦筋啊。」

「是啊。」

遙香咬著嘴脣點了點頭。

「我真的很不甘心，也覺得無法原諒……但是我現在更擔心哥哥的情況。他整個人都很頹廢，好像想不出什麼新點子了……真希望有可以源源不絕產出創意的藥。」

「有啊。」女人立刻回答。

「咦？」

「有你說的這種東西。」

女人露出從容不迫的笑容，從皮箱裡拿出某個東西。

「給你。」

女人遞給遙香一個透明的小塑膠盒，盒子裡是用豆沙做的和果子。遙香原本以為是豆沙球，仔細一看，卻發現這個和果子不是圓的，而是含苞待放的花朵形狀。

遙香一看到它就強烈的想要擁有——她想要拿給哥哥吃。

女人小聲對屏住呼吸的遙香說：

「這是『靈感豆沙包』，只要吃了它，靈感就會像花朵綻放一樣不斷湧現。」

「我、我真的可以收下它嗎？」

「當然可以，你多送我一個大福，我回贈你這個，所以你不用付錢。但是這種和果子效果比較強烈，所以吃的時候，一定要配茶食用。」

「配茶？」

「對，你有聽懂嗎？一定要記得。」

女人再三叮嚀後，才把「靈感豆沙苞」交到遙香手上。

「靈感豆沙苞」拿在手上沉甸甸的，比外表看起來還重，這種很有分量的感覺讓人很安心。

「謝謝！啊，我馬上為你把剩下的和果子裝盒。」

後來，這個神奇的客人帶著大量和果子離開了。

遙香目送客人離開後，急忙走去後方的工房。一志不在工房內，但他已經做好了煮紅豆的準備工作，不管是去什麼地方，應該很快就會回來。

遙香在大茶杯中倒了茶，把茶和「靈感豆沙苞」一起放在工房的桌子上，一志回來馬上就能看到。

「這個給你吃，希望你振作起來。」

遙香留了紙條，再度回到店裡。

那天傍晚，一志走進店裡的表情很開朗，而且雙眼炯炯有神。

「遙香，你現在有時間嗎？」

「什麼事？」

「我做了新的和果子，因為草笛老師不久之後就要舉辦茶會了。就是這個，你覺得怎麼樣？」

那是一個用葛粉做的和果子，半透明的葛粉包裹著紅色的豆沙球，上頭再灑上少許的金箔，紅色和金色的對比很鮮豔，讓人聯想到被水包覆的珊瑚珠，有一種清涼的高雅感。

遙香很驚訝，原本意興闌珊的哥哥，竟然能想到這麼出色的新作品，難道是「靈感豆沙苞」發揮了效果嗎？剛才那個女人說的都是真的嗎？

遙香有點難以置信，但還是點了點頭。

「很漂亮，很不錯啊，我想草笛老師應該會很高興。」

「對吧？嗯，花道的伊吹老師也向我訂了和果子，我打算大膽的使用杏仁。」

「杏仁？通常和果子不會用杏仁……啊，也對，那位老師很喜歡新穎的東西，搞不好很適合。」

「不光是杏仁而已，我還想到幾個點子，要趁忘記之前寫下來。」

遙香看到哥哥一臉興奮的表情，忍不住感動不已。

「太好了。」

「什麼太好了？」

「因為你又重新振作起來了，也有很多新的點子，這都是『靈感豆沙苞』的功勞！」

遙香眼眶泛淚的說，但一志滿臉錯愕的看著她問：

「『靈感豆沙苞』？那是什麼？」

「咦，你這麼快就忘了嗎？是一個和果子啊，我不是放在工房的桌子上嗎？」

「我只看到茶，沒看到什麼和果子啊。」

「咦？」

兄妹倆目不轉睛的看著對方的臉。

「不會吧，你沒吃嗎？沒吃『靈感豆沙苞』嗎？」

「我剛不是說了嗎？根本沒看到你說的這種東西。」

「騙人，我明明放在桌子上，和茶放在一起……啊！」

該不會……遙香臉色發白。

「哥哥……你剛才出門了對不對？你有鎖上後門嗎？」

「呃，我可能忘了鎖……」

又吃了悶虧！遙香覺得眼前發黑。

一定又是他——黃金堂的大室，他一定又偷偷來店裡，然後看到「靈感豆沙苞」就偷走了。

大室一定以為靈感豆沙苞是一志新研發出來的作品，所以急急忙忙吃了下去，想了解是什麼味道，使用了哪些材料，然後也得到了可以不斷湧現靈感的能力。

想到這裡，遙香忍不住流下了眼淚。

一志露出驚訝的表情，但隨即輕輕摸著妹妹的頭說：

「好了、好了，你別哭了。雖然我不知道是什麼和果子，但我會做出更好吃、更厲害的，好不好？所以你別哭了。」

「嗚嗚！但、但是……『靈感豆沙苞』是可以激發很多靈感……嗚嗚……的和果子啊，我很想讓你吃下它啊！」

「可以激發靈感的和果子？」一志笑了起來，「你真傻，即使不吃這種東西，我只要好好努力，就可以有很多靈感。不過還是很謝謝你，這麼為我著想。我沒事了，以後也會更努力。」

看到一志露出笑容，遙香才終於停止哭泣。

一志看起來的確已經沒事了，他的雙眼比參加比賽前更加充滿霸氣。

但是一想到大室，遙香就很火大。大室偷吃了「靈感豆沙苞」，以後應該會不斷推出很出色的和果子。想到「黃金堂」的生意會越來越好，遙香就很不甘心。

但是遙香猜錯了。

一個星期後的某一天，她剛好經過黃金堂的後門，聽到大室大聲說話的聲音。

「不行、不行！這種舊商品晚一點再做，先做我新設計的和果子。」

遙香忍不住隔著窗戶向黃金堂內張望，發現大室在廚房內向其他和果子師傅下達指示。

「但、但是老闆，這樣會來不及做客人要的商品，慕名而來的客人都是來買『月夜貓』啊。」

「沒關係，新產品更出色，最重要的是，新產品的成本比『月夜貓』更便宜，而且做起來也更簡單。對了，豆沙要用比之前更便宜的紅豆。」

「如果用便宜的紅豆，會影響豆沙的品質！」

「沒關係，反正大部分的客人根本不懂豆沙的味道，只要賣相好，吃起來還不錯，一定可以賣出去。對了，砂糖也要用便宜的。哈哈！這樣就可以省下不少材料費，又可以賺更多錢了！」

大室哈哈大笑，其他師傅都露出為難的表情。這也難怪，因為如果不認真做店裡的招牌商品，還降低使用的紅豆和砂糖等材料等級，絕對會影響和果子的味道。

但是大室並沒有察覺這種危險性，滿腦子只在意那些接連出現的靈感。

遙香倒吸了一口氣，想起送她靈感豆沙苞的那個女人曾經說過的話。

「大室在吃『靈感豆沙苞』時一定沒有喝茶，所以效果太強了，導致他滿腦子都只有靈感，無法顧及其他問題。」

事到如今，應該無藥可救了。遙香嘀咕了一句「自作自受」，就悄悄離開了。

不到一個月，「黃金堂」就倒閉了。因為大室完全失控，和果子的味道和品質一落千丈，客人也都不再光顧。

而大室則連夜逃走，不知道去了哪裡。

但是遙香已經不在意大室的事了。一志研發的新作品「水中鬼燈」很受歡迎，客人絡繹不絕。

遙香每天都在店裡忙得分身乏術，但這種忙碌很快樂、很開心。

「歡迎光臨，請慢慢挑選。」

遙香很有精神的招呼客人，臉上的表情就像正午的太陽般燦爛。

皐月遙香，二十五歲的女人。紅子造訪皐月堂時，送了「靈感豆沙苞」給她。

番外篇　神祕的訪客

紅子和墨丸回到了「錢天堂」。

紅子站在店門口，無限感慨的說：

「哎呀呀，雖然去很多地方玩得很開心，也經歷了有趣的事……但俗話說得好，金窩銀窩不如自己的狗窩，還是這裡最棒了。」

「喵嗚。」

「對啊，出門很快樂，回家也很開心。這次的旅行太完美了，但

那兩隻貓好像有很多話要說。」

紅子的視線看向兩隻小小的金色招財貓，牠們坐在紅子的皮箱上嘿嘿笑著。

「真是的，完全沒料到牠們會偷偷跟著我們，未免太精明了。雖然是我太大意，直到回程的新幹線上才發現這件事。哦，你們別想笑一笑就敷衍過去。總之，其他招財貓還在等我們，我們趕快進去吧。話說回來，到底是什麼重要的事呢？」

紅子拎起大皮箱和一大袋伴手禮，打開了店門。

「我回來了。」

許多金色招財貓嚷嚷著從裡面衝了出來，牠們都跳到紅子身上，七嘴八舌的叫了起來。

「嗚喵喵喵喵！」

「喵嗚嗚喵嗚嗚！」

「喵啊喵啊喵啊！」

「喂喂喂，你們同時說話我根本聽不清楚。你們不要激動，一個一個說。」

「喵、喵嗚！」

「小孩子？有小孩子來店裡？是客人嗎？」

「喵嗚！」

「他還在這裡？這是怎麼回事？」

紅子臉色大變。

這時，一名年約八歲的男孩從店裡走出來，他穿著樸素的棕色襯衫和短褲，對紅子笑著說：

「歡迎回來，你就是老闆娘吧？」

「是啊，你是哪位？」

「我叫健太，我會留在這家店裡，請多指教。」

男孩向紅子鞠躬行禮。

2月4日　天氣晴
終於要出門旅行了，
喵。
和主人一起去旅行，
真是讓人太興奮了，喵
喵。
在新幹線上吃的便當
太好吃了，喵喵喵。

2月7日 陰天

今天的行程是爬山。
雖然山頂上是陰天，
但主人打開「陽光罐」召
喚了太陽公公，順利看
到了美麗的風景，喵。

2月8日　天氣晴

下山後我們去泡了溫泉，喵。

雖然溫泉很棒，但浴池裡有許多「肩膀痠痛地藏」，我差點就在浴池裡溺水了。

2月11日 天氣晴

我們決定從無人島直接回家。我把那條魚的魚骨頭也帶回家了，喵喵。因為我要讓那些招財貓看看那條魚有多大，喵。

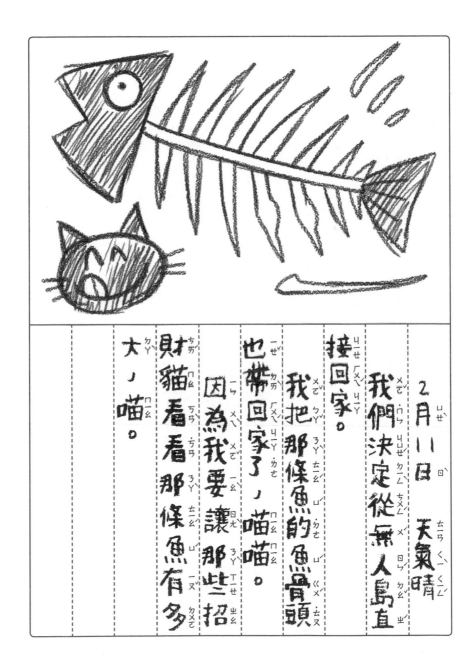

神奇柑仔店9

消除痠痛地藏饅頭

作　　者｜廣嶋玲子
插　　圖｜jyajya
譯　　者｜王蘊潔

責任編輯｜楊琇珊
特約編輯｜葉依慈
封面設計｜蕭雅慧
電腦排版｜中原造像股份有限公司
行銷企劃｜陳詩茵

天下雜誌群創辦人｜殷允芃
董事長兼執行長｜何琦瑜
媒體暨產品事業群
總經理｜游玉雪
副總經理｜林彥傑
總編輯｜林欣靜
行銷總監｜林育菁
副總監｜李幼婷
版權主任｜何晨瑋、黃微真

出 版 者｜親子天下股份有限公司
地　　址｜台北市 104 建國北路一段 96 號 4 樓
電　　話｜（02）2509-2800　傳真｜（02）2509-2462
網　　址｜www.parenting.com.tw
讀者服務專線｜（02）2662-0332　週一～週五：09:00~17:30
讀者服務傳真｜（02）2662-6048
客服信箱｜parenting@cw.com.tw
法律顧問｜台英國際商務法律事務所 ・ 羅明通律師
製版印刷｜中原造像股份有限公司
總 經 銷｜大和圖書有限公司　電話：（02）8990-2588

出版日期｜2021年 5 月第一版第一次印行
　　　　　2024年 5 月第一版第二十二次印行
定　　價｜300元
書　　號｜BKKCJ067P
ISBN｜978-957-503-969-1（平裝）

訂購服務
親子天下 Shopping｜shopping.parenting.com.tw
海外 ・ 大量訂購｜parenting@cw.com.tw
書香花園｜台北市建國北路二段6巷11號　電話（02）2506-1635
劃撥帳號｜50331356　親子天下股份有限公司

國家圖書館出版品預行編目資料

神奇柑仔店9：消除痠痛地藏饅頭／廣嶋玲子文；jyajya 圖；王蘊潔 譯. -- 第一版. -- 臺北市：親子天下，2021.05
224面；17X21公分. --（樂讀456系列；67）
注音版
ISBN 978-957-503-969-1（平裝）

861.596　　110003522

看完故事後，意猶未盡嗎？
掃描QRCode，閱讀獨家故事，
還能動手製作錢天堂的零食喔！